• 衛斯理小說典藏版 31 •

暗號之二

《轉世暗號》續集

衛斯理
親自演繹衛斯理
《暗號之二》

新之又新的序言，最新的

衛斯理小説從第一次出版至今，歷時已近半世紀，總共出了多少正版，還能計得清，若是連盜版一起算，那就算找外星人來算，也算勿清楚哉！不知能不能也算世界紀錄。

算得清好，算勿清也好，能幾十年來不斷出新版，説明不斷有讀者加入，對作者來説，沒有更值得高興的事了，謝謝所有喜歡衛斯理的人，謝謝謝謝。

倪匡

二〇二〇年六月四日　香港

幾句話

寫了四十多年小說，論者將拙作分為三個時期：早、中、晚。在明窗出版的一批，屬於早期和中期的上半。三個時期的創作風格有相當程度的不同，所以風評不一。本人並無偏愛，但讀友對早期的作品，頗有好評，大抵是由於在早、中期作品之中，主要人物精力充沛，活力無窮，所以使故事曲折多變，小說也就格外吸引。明窗出版社此次重新出版這批作品，正好讓大家來證明這一點。

四十餘年來，新舊讀友不絕，若因此而能有新讀友，不亦快哉！

倪匡

二〇〇五年十一月六日

序言

《暗號之二》當然是《轉世暗號》的連續，這種情形，在我敘述經歷時，已經出現過很多次，不必再作特別的解釋了。

在這個故事中，暗號之二有了答案，但是整個故事，卻很令人沮喪，由於事實的發展，遭到了似乎是無限期的拖延，自然也只好這樣子——如果你相信我所敘述的一切，有真實的成分，你一定會諒解，不然，就請當作是「滿紙荒唐字」好了，而且，不必再去考證什麼，那只會增加煩惱。

沒有「暗號之三」了，絕不會有。再有別的發展，過去、現在或未來的事，也和暗號，再也不發生任何關係了。

倪匡

三藩市

午睡乍醒　發罷白日夢

爾酒既滑　再續黑夜緣

目錄

第一部

監視

中午，雨勢頗大，我愛聽雨點灑在樹葉上的聲音——在大都市中，這種情形，甚至可列為奢求。好在住屋前後，均有大樹，倒可以享受一下此種情趣。

白素走近來問：「看了報紙沒有？」

我回答道：「看了！」

這一問一答，看來平淡之至，但實際上，卻大有玄機。想那報紙上，消息千百條，但我和白素，在這一問一答之間，我就知道問的是關於那一條。

這自然是多年夫妻，如魚得水，心靈相通的緣故。

報上在不是很顯著的地方，有一則新聞，是關於喇嘛教中，地位崇高的二活佛轉世靈童的。

新聞說：各有關方面，正在努力尋找二活佛的轉世靈童，但估計至少還要三四年的時間，才能找到，然後再進行確認的工作。

我「哼」地一聲：「拖延戰術！」

白素點了點頭，我又道：「且看他們拖延到幾時？」

白素道：「大活佛轉世靈童被確認那年，幾歲？」

我舉起了手：「五歲！」

白素道：「有得算，那假的二活佛去世，兩年左右，在六年之內找到轉世靈童，是正常的事，拖一拖，可以拖到九年——十年以上才找到靈童的就古怪了。在找到了靈童之後，確認的過程，又可以拖上兩三年，所以，從現在算起，有八九年的時間可以拖延！」

聽了白素的算計，我不禁失聲道：「他們……他們是根本不打算確認二活佛了！」

白素同意：「我相信他們有這個打算，但那一定是他們的第二打算，第一打算，還是找一個傀儡二活佛，那才是上策。」

我悶哼一聲：「他們雖然有了那三件法物，可是他們解不開暗號之二，就絕對不敢造次。要不然，在坐牀大典時，真的二活佛轉世突然出現，又能解開暗號之二，石破天驚，令全世界知道，他才是二活佛，那對他們來說，就大大不利了。」

白素道：「是啊，我想，這也正是他們採取拖延政策的主要原因。」

我呆了一會：「五六年、七八年，長久拖延下去，會對誰有利？」

白素很認真地想了一會：「很難講，在長時間的拖延之中，強權力量可以加緊進行分化、蒙蔽的政策，同時也加緊鎮壓，在表面上來看，反抗的力量會變得軟弱。強權勢力自然想做到自根本上徹底否定喇嘛教，那他們就成為這片土地，那群人民的真正主人，而不是如今在機槍電棍之下，那片土地上的人民，還有着精神領袖！」

白素說得十分沉重，我卻忽然哈哈大笑了起來。白素嗔怪地瞪了我一眼，我忙道：「對不起，我想起了一個情節——很多故事中，都有惡霸強佔了女子，可是女子一直有着至死不渝的心上人。」

白素感嘆：「一個民族的悲劇，比一個個人的悲劇，要深沉了千萬倍。」

我揚了揚手：「可是時間也未必一定會和強權勢力談戀愛，更多的時候，歷史的巨輪，會把強權勢力輾成粉碎，自秦始皇想有萬世基業開始，這種例子，多不勝數。」

白素道：「對，人類自有史以來，建立的規模最大，勢力最強盛的強權，也在幾天之內解體，永遠成為歷史名詞了。」

我嘆了一聲：「強權的發展，雖然必然是滅亡，但若是沒有一定的反對力量，所統治的全是順民或奴隸，那滅亡的時間，也就會大大推遲。」

白素沉默了半晌：「所以，拖延政策，對他們來說有利，從現在的情形來看，看不到有類似歐洲一樣，極權迅速消亡的迹象。」

我握着拳，重重在桌上敲打了一下——當然是為了發泄胸中的憤懣，但是我為什麼憤懣，大片土地上的人民，擺脫了強權，是他們不畏強權，努力反抗的結果。在一片由強權統治的土地上，人民如果只是馴服，強權的皮鞭，也就會不斷揮動——那皮鞭是要去奪下來，而不能等它自動放手的。

白素又道：「時間愈拖下去，對二活佛的轉世靈童，就愈不利。」

我同意：「是，他一直在等『適當的時機』，一直等不到，他也就沒有出頭的機會。可是，若是一再拖延，難以自圓其說，也別輕視了教眾的力量。教眾要是不耐煩了，鼓噪起來，加以適當的組織，就是一股極大的力量，足以令強權喪膽。」

白素道：「這是惡性循環——那會使強權在拖延時間，加緊殘酷的鎮壓。」

我想起近年陸續在報上看到的報道，不斷有人反抗，也不斷有人被捕，心頭黯然。

我們相對無言好一會，我陡然站起來：「還有一種情形，對二活佛的轉世，大大有利。」

白素連眼皮也不抬一下，一點也沒有為我的大呼小叫所驚動，她道：「對，這情形是，那三件法物，落到了二活佛的手中！」

我想到的，正是這一點；但是，我隨即又長嘆一聲。

那三件法物：手掌、銅鈴、花。若是到了轉世的二活佛，我曾見過的那個天生缺了手掌的小喇嘛手中，他知道暗號之二的內容是什麼，立刻就可以昭告天下，解開密碼之二，名正言順，成為二活佛！

可是，那三件法物，由小郭再次發現之後，已落到了強權勢力的手中，轉世的二活佛縱使有眾神庇佑，也無法弄到手。

不但如此，轉世的二活佛的處境，可以說在極度的危險之中。

他的存在，對強權勢力的強佔性統治，是一個極具爆炸性的危機。

如果強權勢力找到了他，把他除去，那就等於消滅了危機，隨便他們怎麼去立傀儡，也沒有什麼方法可以揭穿這彌天大騙局了。

我苦笑了一下：「能保住他的安全，已經是上上大吉了，我還真擔心——」

白素道：「在不丹或是尼泊爾，要找一個小喇嘛，不是容易的事！」

我道：「可是要找一個天生——」

我話沒有說完，白素一伸手，就掩住了我的口。

我吃了一驚，雖然，「隔牆有耳」這樣的警句深入人心，可是在自己家裏，說話也要小心到這一地步，也未免令人心慄。

白素也立即感到她的動作太過分了些，她吸了一口氣，緩緩鬆開了手：「實在是因為那是一個天大的秘密，絕不能讓人知道！」

我吸了一口氣：「小心一點是應該的，現在的竊聽技術，太進步了。」

現代的竊聽技術，確然太進步了，小巧的音波聚集器，已成為普通的商品，花幾元美金，就可以買得到，功能是聽到一百公尺之外的私語，和鄰室的密談。

我和白素，都不排除自黃蟬上次離去後，我們一直在接受監視的可能性——以強權勢力對監視工作的豐富經驗，說他們在這一方面，是地球之最，也不為過——窗子上一個不顯眼的斑點，也有可能是一個竊聽儀器，使我們在屋中的任何聲音，都傳入監聽儀的錄音帶之上！

我實在是太不小心了，白素立即掩住了我的口，那是對的。因為事情實在關係重大，絕不能有半點兒消息走漏出去——要找一個天生沒有了一隻手的小喇嘛，尋找的範圍，大大縮小，找起來，就容易得多了。

一時之間，我的面色，變得很是難看，白素反倒安慰我：「未必聽到了，就算聽到了，你和我，怕過誰來？」

我吁了一口氣：「怕累了別人。」

白素大具信心：「二活佛自有菩薩保佑，劫難一事，他要出世，誰也阻擋不住！」

我聳了聳肩——對於這種說法，我一直有保留。當年大活佛在幾乎萬無可能的情形之下，率眾遠走，不但是喇嘛教眾，就算一般人，也認為那是神佛護佑。可是最近，有曾身處強權勢力核心的人物，就指稱當年，是最高領袖故意放大活佛走的。

這種說法，是否可靠，當然存疑，但是至少是對「神佛護佑」的一種否定。

想起若是我們的交談，被人偷聽，白素出手要是慢了一步，後果就嚴重無比，我也不禁冒冷汗。回想剛才，我只說到「天生——」並沒有說天生如何，也沒有說少了什麼，雖然已是泄漏了天機，但還不至於如此糟糕！

我在迅速轉了念之後，向白素投以詢問的眼色，問她的警惕性如此之高，是不是感到了有什麼迹象，我們正在被監視之中。

白素側着頭，略想了一想，在我耳邊低聲道：「事情關係重大，而我們這裏，又是重要的線索，他們不會輕易放過。」

我想了一想，也確然如此，強權勢力在進行拖延戰術的同時，必然還努力於釜底抽薪——想把真正的轉世二活佛解決掉，這才是一勞永逸之計！那自然也要從我這裏下手！

雖然我和白素，都精細之至，但是現代科技的進步，使人防不勝防，我也壓低了聲音：「要不要請專家來檢查一下？」

白素自然知道，我所指的「專家」，是指戈壁沙漠這兩個奇才而言。

白素無可無不可：「也好。」

接着，她做了一個手勢，表示對於轉世的二活佛，最好一字不提。

我用力點了點頭，同意白素的意見。

我們可以說已經是千小心萬小心的了，可是，這一番談話，還是泄漏了玄機，以至日後，生出了不少事，都因此而起——那是後話，容後再敍。

當下，我拍着報紙，哼着京劇的腔調：「看他們拖延到幾時？」

第二天，我就找了戈壁沙漠來——給人監視，總令人渾身不舒服，必須破解。

戈壁沙漠聽了我的要求，哇呀大叫：「那還得了，什麼人吞了豹子膽，竟敢向衛斯理做手腳，哼，任憑他有通天的本領，也要揪他出來。」

我道：「兩位別把事情看得太容易。我和白素，曾經檢查過，沒有發現——可是我又覺得，一定有人在進行監視或監聽。」

戈壁沙漠信心十足：「且等我們出馬，不論是何方妖孽，管叫他現形。」

戈壁沙漠足足花了七天時間。

在他們的檢查過程中，我有一大半時間和他們在一起。

我可以肯定，我是找對了人，就算有一整隊的檢查組，也不可能做得比他們更好。

而他們工作的精細程度，簡直不可思議，屋內屋外，巨細無遺，他們的微型探索儀，甚至深入每一個木縫和磚縫，那些縫，連螞蟻也鑽不進去。

經過了七天時間，兩人才拍了拍手，向我道：「沒有任何發現！」

我吁了一口氣：「真不知道怎麼感謝兩位才好——肯定了沒有被人監視，那種感覺真好。」

誰知道戈壁沙漠對我的話，並不以為然，他們一起搖頭：「我們只說，我們已盡力做了檢查，檢查的結果是什麼也沒有發現！」

我一攤手：「那有什麼不同，何必咬文嚼字？」

兩人道：「大不相同，我們沒有發現，就是我們、沒有、發現。那絕不代表你沒有被監視。」

我總算弄明白了他們的意思，我笑：「你們沒有發現，就等於沒有監視。」

兩人對我的話，顯然感到十分高興，他們連聲道：「多謝你的誇獎，可是我們不保證你不被監視。」

態度極認真，這正是戈壁沙漠的可愛之處，我拍着他們的肩，一再道謝。

這兩人，好奇心極強，忍到了這一天，他們終於忍不住了，兩人齊聲問：「你究竟掌握了什麼秘密，會以為有人要監視你？」

我嘆了一聲：「要是能告訴你們，我一定第一時間，讓你們知道！」

兩人也知道暫時無望了，所以長嘆一聲，快快離去，倒令我很過意不去。

我對白素表示，可以避免被監視的威脅了，可是白素卻道：「只是他們沒有發現。」

我大是驚訝：「這樣找都找不出來，你還不肯定？」

白素道：「找是被動的行為，吃力不討好。一人藏，百人找，所以戈壁沙漠的態度是對的。」

我大不以為然，但也沒有爭辯下去——後來，事實證明，白素和戈壁沙漠的看法，竟然是對的，真是令人氣結，竟然仍有監視，而且有效程度頗高，當真不可思議之至。可是謎底揭曉，卻又相當簡單，並不複雜，只是過程卻奇妙無比，不是出於人力——詳細情形如何，要「容後再敘」，因為緊接着，又有事情發生了。

在一個故事的發展過程中，不可能是一口氣所發生的事，全和這個故事有關，必然會有這樣那樣的打岔，和故事無關的事，沒有必要提，所以全略去了，只說和故事有關的。

所以，看起來，就像是一件事一開始之後，就什麼事都和這件事有關，「巧」之極矣，但事實並非如此，那是在敘事之際，經過了「藝術加工」之後的結果。

所以，自戈壁沙漠檢查完畢之後，到另一件事發生，其間有若干時日的間隔，自然也曾發生了不少事，只不過都不在記述的範圍之中而已。

那天我一早出去辦事，到中午時分才回來。辦事的過程之一，是和一個人會晤，那人是一個奇人，且是我有求於他，和他相見，事實辦得很成功，不虛此行，可是有一點特殊情況。

這個人極嗜酒，他的名言是：「血液中若沒有酒精，那不算是活人的血。」所以，他一日二十四小時，只要是活動的時間，就不斷喝酒。而我有事去求他，少不免陪他喝一點酒。

對他來說，「一點」就是正常情形的很多。我當然不至於喝醉，但是在不到兩小時之內，灌了近一公升酒精成分百分之七十四的烈酒下去，少不免有點酒意。而且我較少在白天喝酒，那天恰又是一個陽光普照的好天氣——喝酒的人都知道，強烈的光線，對酒精在人體內的運行，有催化作用，格外能令酒意湧上來。

所以，當我打開門，走進屋子去的時候，從明亮到黑暗，一下子不是很適應，也就是説，約有短暫的二三十秒，視線極其模糊。

這就是合該有事了，我由於酒興高，所以一路「引吭高聲」，唱的是《滿江紅》，從「怒髮衝冠」開始，進屋之後，剛好唱到「壯志飢餐胡虜肉」。

一進門，酒眼矇矓之中，見一個佳人俏生生地站着。佳人穿無袖上衣，玉臂裸露，肌膚賽雪，耀眼生花，長髮飄落，身形窈窕，這般可喜娘，又是在自己家中，不是白素是誰？

我打了一個噎，哈哈大笑：「我是沒有壯志的，不要餐胡虜肉，咬咬佳人的裸臂就行！」

説着，一把把住人拉了過來，摟在懷中，張口向白生生的玉臂便咬。

這「咬」，當然不是真的咬，而是調情行為的一種。而夫婦之間，這種調情行為，真是普通之至，何足為奇，我預算白素會忍受我的輕咬，然後再饗我以老大白眼，那真是賞心樂事。

可是，我才一張口輕輕咬了上去，就覺得不對頭了。

首先，溫香軟玉，才一入懷，便覺通體酥柔無比，那遠非我擁慣了的愛妻，緊接着，我左胸乳下，陡然一麻，我全身的氣力，一起消散，連張開了的口，也沒有合起來的氣力。

我一生之中，不知道經歷過多少怪異的經歷，但實在沒有一次比這時更駭人的了。一時之間，我的腦筋轉不過來，還未曾想到自己是抱錯了人，想到的竟然是：咦，這是怎麼一回事，白素怎麼變了？而且向我出手？不但向我出手，而且下手還相當重，一下子就制住了我的「期門穴」。這個穴道，是前胸七大要穴之一，一被制住，全身氣力全消，連抬一個手指的氣力都沒有！

而這種擒拿制穴的功夫，本是中國武術中最上乘的制敵之法，我雖不懷疑白素會，但她也沒有理由會使在我身上，因為這種武術，若是分寸拿捏得不好，極之危險，會令人有可怕的生理受害後果——每一種武術的攻擊，其實都是為了要達到這一目的，但是「穴道」在人體的結構上，還是一個十分神秘的部分，所以由此引起的傷害，也就十分可怕。

我的穴道被制，不但沒有了氣力，而且出不了聲，整個人，就像是一攤濕泥一樣，向下倒去。也就在那一剎那間，我看到那窈窕的身形，柳腰一閃，正迅速地向後退去，彷彿她所受的驚恐，猶在我之上！

我之所以感到她吃驚，是由於她在疾退開去時，還發出了「嚶」的一下呻吟聲。我「咕咚」一聲，栽倒在地，大約有一秒鐘的時間，天旋地轉，金星亂迸——雖然時間極短，但若對方趁機下手，必然可以對我造成極大的傷害，甚至死亡。

我相信至多只是兩秒鐘的時間，我氣血上沖，一下子又有了力量，我的身子也疾彈而起，但是我的腦中，還是紊亂一片，我所想到的唯一的一點，是我認錯人了！但是對於被我錯認了的是什麼人，我卻根本沒有能力去做有條理的分析！

我知道，首先要弄清楚，那是什麼人，剛才我的行動，施諸白素身上，平常之極，但是若在其他的女性身上，卻是輕薄之極，實在不是一般普通的誤會。

所以我彈跳而起之後，勉力定神，先使自己有看到東西的能力。

在正常的情形下，要這樣做，自然再簡單不過，但這時候，也花了一兩秒鐘。

終於，在我面前的俏影，如同焦距被校正了的攝影器材一樣，變得清楚了。

我看到的是一個絕色佳人，站在離我約有三公尺處，她俏臉之上的驚惶之情才退去，顯然剛才，我突如其來的「攻擊」，雖然沒有全部完成，但是也足以令她大大吃一驚了！

這一點，突然之間，令我極其自豪，因為我已認出了她是什麼人，同時也知道，要她吃驚，絕不是容易的事，而她居然吃驚了，由此可知我剛才的行動，是何等突然，何等出於意料之外！

那美人不是別人，正是我曾數度接觸過，身分神秘奇特，肩負各種重要任務的黃蟬！

這時，她似笑非笑地望着我，明澈的雙眼之中，大有嘲弄之意，我想起剛才自己的冒失行為，也大是尷尬。但是我知道，在如今這種情形之下，我不能有絲毫示弱，不然，會後患無窮，我必須「惡人先告狀」，才免得被她有所恃，而受到威脅。

第二部

認人

我立時「哼」了一聲：「怎麼，暗中監視不夠，擺明車馬了？」

我懷疑自己在二活佛轉世的這件事上，受到了監視，監視我的，自然是強權勢力，而黃蟬正是強權勢力的代表，我這一發話，連消帶打，把剛才的行為，掩飾過去，而且也可以興問罪之師。

黃蟬明眸之中，那種嘲弄的意味，卻更濃了，她柔柔地道：「白日醉酒，有意一闖禁地？」

這婆娘雖然千嬌百媚，但是也機靈厲害無比，我知道打馬虎眼，不易蒙混過關，所以沉聲道：「是，醉眼昏花，對不起，認錯人了！」

黃蟬笑得不懷好意：「原來你和白姐，常這樣打情罵俏，咬來咬去！」

這女子真可惡，我已老實不客氣，借用了現成的典故：「閨房之樂，有甚於嚙臂者！」

她再厲害，畢竟是一個大姑娘家，話說到這裏，她也就說不下去了，她只是狡獪地一笑。出乎意料之外，在一笑之際，竟然有兩朵紅霞，飛上了她的雙頰。

剎那之間，她俏臉白裏透紅，嬌艷欲滴，看得人賞心悅目之至——不管是不是好色之徒，人總有對美的欣賞能力，而那時的黃蟬，真是美艷不可方物，令人無法不讚歎這種難得一見的美色。

我看得大是失態，而黃蟬卻立時恢復了原狀，適才的艷麗，不復再見，就在這時，老蔡捧了茶出來，殷勤地道：「請喝茶。」

老蔡平日對來客的不禮貌是出了名的，但這時非但態度熱誠，而且根本沒有發覺我已回來，由此可知美人的魅力，無遠弗屆。

黃蟬接過了茶來，老蔡這才看到了我，大是歡喜：「回來了，正好，我還怕黃小姐等得太久！」

我苦笑了一下，向他揮了揮手，黃蟬正低頭喝着茶，長睫毛微微顫動，我不知她心中在打什麼主意，也不知道她對我剛才的魯莽，會有什麼進一步的發揮，所以只好等她先開口。

可是她卻沒有表示，只是一小口一小口抿着茶，我忍不住道：「黃將軍大駕光臨，有何貴幹？」

她外表雖然是一個嬌艷無比的俏佳人，但她的身分，我很清楚，她那十二個以花為姓名的特種任務負責者，都有着將軍的軍銜，是強權勢力中的非同小可人物，權力之大，超乎想像之外。

她幾次和我、白素見面，都客氣得很，那是由於我和白素身分特殊，也由於一直是她有求於我們！實際上，她的權力，運用起來，是可以令風雲色變！

我一問，她才抬起頭來：「有一件事麻煩兩位。」

她一開口就說「兩位」，我便道：「很不巧，白素不在，你……」

我暗示她不妨離去，同時心中已想：真不巧，要是白素在的話，就不會有剛才這種場面出現了。

誰知道黃蟬卻道：「白姐不在，先請教衛先生你，也是一樣。」

我悶哼一聲，突然之間，感到十分焦躁，所以說話也提高了聲音：「以你們的力量之強大，除非是有什麼事，要世界公認的，你們才做不到，不然，要風得風，要雨得雨，有什麼做不到的，為什麼老是來騷擾我這個無權無勇的老百姓？」

黃蟬態度安詳：「我們的力量，其實也有限，例如：想請衛先生幫一個小忙，認一個人，就很困難。」

我呆了一呆：「認人？認什麼人？」

黃蟬不說什麼，打開一個花布袋來，取出了一只大信封，向我遞來。

她那隻花布袋，看來和其他時髦女性喜歡用的，一模一樣，但是我知道，其中一定不知有多少花樣，至少有八種以上的高效殺人武器——她們的大姐，甚至在體內藏有一枚核子彈！由於知道這一點，所以她伸過來的手，雖然瑩白動人之至，但看來也猶如鐵鉤一樣，令人感到了一股極度的寒意。

黃蟬見我沒有立刻去接，她就把信封打開，抽出了一疊照片，再向我遞來：「請你認一認，照片上的是什麼人，謝謝。」

我不去看照片，而且故意昂起了頭，也不去看她（看了她，只怕很難拒絕她的要求了）：「我有幫你認人的義務嗎？」

黃蟬道：「沒有。」

我哼了一聲：「那就請你把照片收起來。」

黃蟬道：「站在朋友的立場上，我希望你能有一個明確的表示。」

我道：「閣下的用詞太深奧了，我不明白。」

黃蟬的聲音，低柔動人：「是這樣的，我的一些同事，認為照片中的人是你，可是我認為不是，但是我又沒有法子說服他們，如果經過你的確認，就可以判明是或非。」

我呆了一呆，我絕沒有想到，所謂「認人」，竟是和我有關。

而且，她的話仍然難以明白——照片上的人，是我就是我，不是我就不是我，為什麼會有些人認為是我，她認為不是呢？

雖然我極不願意為她做任何事，但是由於她說話的技巧極高，打動了我的好奇心，所以，我忍不住把視線投向她手中的照片。

一看之下，我就怔了一怔。

照片拍得相當模糊，黑白，連背景也看不清，只看到一個人，全身穿着很奇特的緊身衣，連頭帶臉都在頭罩之中，雙眼也沒有露在外，而是戴着一副很厚的眼鏡。

這樣裝扮的一個人，根本可能是任何人！

照片仍然在黃蟬的手中，她一張又一張地替換着，都大同小異，有的是側面，有的是背影，有的是頭部，但不論是從哪一個角度，都無法認出這是什麼人來。

我看了一遍，不禁哈哈大笑：「能指認這個人是我的人，一定有極豐富的想像力！」

黃蟬微笑：「當然不止靠這些照片。」

我有點不明白她的話，望向她，她道：「是不是要等白姐回來了，對她一起說？」

我不知她葫蘆之中在賣什麼藥，只好悶哼了一聲。她指着那些照片：「這些，不是直接拍攝下來的。」

我應聲道：「一看就知道，是從錄影帶中截取下來的，而且，在進行錄影的時候，是在黑暗之中，由於有紅外線設備，這才有了這種模糊不清的結果。」

黃蟬點了點頭：「正是——」

就在這時候，門打開，白素走了進來。白素一進來，看到了黃蟬，呆了一呆，又向我望來。我伸手在臉上抹了一下：「貴客不請自來，我一進門，以為是你，幾乎把她咬了一口。」

白素笑了起來：「好啊，咬到了沒有？」

我望着黃蟬脆嫩腴白的手臂，由衷地道：「真可惜，沒咬到。」

本來是十分尷尬的事，但一放開來說，也就不覺得怎樣了。

白素走前一步，黃蟬一下子去到了她的身前，像一個小女孩一樣，咭咭呱呱，一下子就把要認人的事情，簡單地說了出來。

白素看着照片，又望我：「我也看不出這是誰，不過，身形、體高，倒確然很像。」

我有點惱怒：「別開玩笑，和她……這種人，豈是可以開玩笑的？」

我的意思是，黃蟬代表了強權勢力，招惹不得，不必和她太熟絡了。

黃蟬卻立時道：「可以開玩笑，只是不可以咬我！」

我望向她，她卻避開了我的眼光，神情俏皮。我不想在這個問題上和她糾纏下去，立刻道：「有什麼別的資料，可以展示了！」

黃蟬故意大聲應道：「是！」

接着，看她就像變魔術一樣，自身上取出了一個小小的扁平盒子來，揚了一揚：「府上可有放映微型錄像的設備？」

我悶哼了一聲，白素答得老實：「有，請到樓上的書房去。」

黃蟬手中的微型錄影帶（就是她口中的「錄像帶」），大小比普通的卡式錄音帶還要小，要特殊的設備，才能顯像，我書房中有這種設備，黃蟬當然是早已知道的，她這是明知故問。

進了書房，我性子急，但白素和黃蟬，卻好整以暇，黃蟬把錄影帶交到了我的手中，和白素閒談，斟酒，看來竟和普通的好友聚會無異。但是我卻知道，這卷錄影帶中，不知包藏了多少禍機，也不知道會有什麼驚天動地的事，由此衍生！

等到我擺弄好了錄影器材，熒屏上有了畫面，白素和黃蟬才靜了下來。

畫面看來很陰暗，並不清楚，那是紅外線攝影的正常效果。一開始，在朦朧的一團之中，看起來，像是一條相當長的走廊，也看不清其他。

接着，在走廊的一端，有相當強的光亮一閃，隨着強光，出現了一個人影。強光隨即消失，那人影在向前迅速地移動。

這時，已經可以看清那個人，正是剛才在照片上看到的那個人——從頭到腳，都包裹得極其嚴密，戴着厚而凸出的眼鏡，看起來，有點像外星人。

他的行動敏捷之至，一進走廊，一下子，就到了走廊的盡頭。在那裏，他半彎着身，有所動作。但是畫面模糊之至，看不真切。

我出言譏諷：「這算什麼技術，太爛了！」

黃蟬道：「是，但等一會，有些新發明，會令衛先生歎為觀止。」

白素道：「我看需要解說，不然，不知道看到的是什麼東西。」

黃蟬應聲道：「是！有一個人，偷進了國家絕對保密的資料室，兩位看到的，是一條走廊，要進入這條走廊，已經要通過七處守衛森嚴，列入一級保衛的關卡。」

我繼續譏諷：「看來你們保衛的級別，需要調整一下了！」

黃蟬笑得有點曖昧：「自然，對衛先生這樣的能人來說，一級保衛和九級保衛是一樣的。」

我立即指出：「你在暗示什麼？你還以為這個人會是我？」

黃蟬道：「現在看來，只是身形很像，而且神通廣大，過關斬將，如入無人之境──這一點，也只有衛先生你才能做得到！」

我不禁啼笑皆非：「你太抬舉了，這個人不是我！」

卻不料白素在一旁道：「既然黃姑娘認定了是你，必有原因，且看下去再說。」

我大是氣惱，悶哼了一聲，黃蟬忙道：「我並不確定是衛先生，但有人認為是他，為了不使他有不必要的麻煩，所以才來請衛先生確認一下！」說起來，她來這裏，竟全是為了我好，是一片好意了！不過，我雖然很不以為然，也不得不承認她的話，有幾分道理。

她口中的「有人」，自然是強權勢力之中的保安系統人員，那是一個龐大的勢力，要找我麻煩，我的麻煩也夠大的了。

這種麻煩，完全沒有道理可講，自然可免則免，所以我沒有說什麼。

白素很鎮定：「單憑這一個過程，不足以判斷這人是誰，貴方必然有更先進的設備，可資判別的吧！」

黃蟬的口很甜：「白姐說得是，請看！」

在說話時，停止了播放，這時才繼續，只見那人，在操作了一番之後，打開了一道門。

我注意到，那門上一共有五個圓圈，估計是密碼鎖，那人在這五個圓圈上操作了只不過兩分鐘左右，就把門打開了。

黃蟬在解釋之前，嘆了一聲：「我不認為那是衛先生的主要原因之一，就在這個地方！」

我冷冷地道：「你認為我沒能力打得開這門。」

黃蟬道：「你有能力，但不能那麼快。我認為必有內線走漏了秘密，這人才能如此順利過關——我們內部演習時，自己人開過這道門，能達到這個時間，也算是頭等的成績了！」

她說了這一大串話之後，頓了一頓，才又道：「收買內線這種行為，賢者不為，衛先生是不屑為之的。」

這一頂高帽，戴來舒服之至，我的面色，在不知不覺之間，也和緩了不少。

黃蟬又道：「再下來，畫面有點駭人，請留意。」

我和白素知道她不會亂發警告，都各自留了神，可是當熒幕上出現那怪異的畫面時，我和白素，還是不由自主，握住了對方的手。

畫面上還是那個人，他打開了那道門之後，進入了一個小小的空間，看起來有點像升降機。這本來也沒有什麼特別，特別的是，一進入那個小空間，他整個人，就變成了一具完整的骷髏。

一具活的，完整的骷髏！

我和白素，都發出了一下沒有意義的聲音，黃蟬道：「X光的效果，說穿了普通之至，但是效果很懾人。」

效果確然很驚人，那人的骨骸，在X光下，全部呈現出來，人體的軟組織全不見了，只見一具枯骨在行動，看得出，他是在摸索面前的一個平面，但是他的雙手，卻仍然是漆黑的，只見五指，不見指骨。

我問：「他戴的手套……」

黃蟬道：「有鉛質的防X光層，也防輻射，這人完全是有備而來，可是他未曾料到我們有這套設備——這設備舉世無雙，比美國國防部絕密室的還要先進，請看……」

隨着他的介紹，熒屏上突然顯示出了一系列的數字。

數字是：體重、體高、身體內部的健康狀況，接下來，是更緊密的數字——這個人每一根骨頭的大小。

那個人還在摸索，不知道他在找什麼，熒幕上現出他頭部的大特寫，都是活動的頭骨，看得出，他也相當緊張，他在不斷吞口水，各種相關活動的骨頭，如機械般在運動，詭異莫名。

黃蟬道：「且看進一步的電腦分析，人的頭骨形狀，決定太多的事情了……」

我屏住了氣息，是的，人的頭骨形狀，決定太多的事情了。

甚至只是一件頭部的骨頭，就可以依據它拼出頭顱的形狀來，有了頭顱的形狀，也就可以加上肌面組織，拼出這個人的面貌來。

更進一步，根據這個人的頭骨形狀大小，還可以模擬出這個人的聲音。

這一切，已是很普通的科技。如今有了這個人的整個頭骨大小形狀，自然更可以達到這些目的了。

我忍不住道：「其實你們早知那是什麼人了，何必來消遣我？」

黃蟬沉聲道：「請稍安。」

這時，我已看出有點異樣來了——這人的頭顱骨，有幾處地方，很不正常。額骨的左側，有一個斜斜的凹陷，不單如此，再仔細一看，頂骨、鼻骨、上頜骨、下頜骨、顴骨、顳骨、枕骨，八個頭顱骨的主要部分，每一部分，都有不同程度的變形！

一注意到這一點，我最自然的反應，是脫口而出：「這人不是地球人！」

白素道：「是地球人，但是他的頭部，受過極嚴重的傷害！」

我不由自主，打了一個寒顫——因為一個人的頭部，若是受過這樣傷害，而居然仍活了下來，那麼他會變成什麼可怕的樣子，實在是不堪設想。

而黃蟬卻應聲道：「受過傷，那是可能之一。可能之二是，那是故意的，極徹底的整形手術。」

我斥道：「你瘋了，誰會為了整形，把自己的每一塊頭骨，都變得畸形？」

在那一剎間，黃蟬的聲音其冷如冰：「人為了達到某些目的，可以做出任何事來！」

我咕噥了一句：「正像你們所一直倡導的一樣。」

白素道：「不必討論這些，這人，現在的樣子，是怎麼樣的？」

黃蟬嘆了一聲，緊接着，熒屏已出現了一個面目扭曲、古怪可怕之極的畸形人的面孔，同時，也有一陣聲音發出來，如同鴨叫，如同梟鳴，難聽之極，那是電腦模擬如此形狀的人所發出的聲音。

黃蟬道：「如果他的目的是掩飾他的本來面目，那麼，他十分成功——他改變了自己的頭骨各部分，所以連聲音也變了……」

白素感嘆：「他比光明右使范遙還要心狠，范右使只是改變了面部的肌肉，語聲不能改變，所以他只好扮啞巴來瞞人。」

白素說的是《倚天屠龍記》故事，黃蟬也明白，所以她也感嘆：「難道他以前，也是個俊俏男子？」

女性有特別的感懷想像，連黃蟬竟也不能例外，我道：「就不許他是天生的？」

黃蟬道：「肯定不是，變形的頭骨上，都有利器留下的痕迹。」

我用力一揮手：「明明是這樣的一個怪人，為什麼會有人認為是我？」

黃蟬道：「我們嘗試，盡量估計他頭骨原來的生長情形，想拼湊出他原來的情形來。」

我冷冷地道：「有這種新科技嗎？」

黃蟬答得老實：「沒有，我們只是嘗試。」

白素也異乎尋常地性急——或許是事情可能和我有關，她問：「結果如何？」

黃蟬先吸了一口氣，然後才道：「請看！」

隨着她的話，熒屏上圖形變化組合，漸漸現出了一個人來。

那個人才現出了七八成時，我已直跳了起來，嚷道：「太荒謬了！」

是的，真是太荒謬了！因為現出來的那個人，竟然是我！或者說，至少了七八分像我，相似的程度到了我的朋友一看之下，就會認為那是我！

同時，也傳出了組合成功之後，其人所發的聲音，說的是一句：「各位好。」

雖然只有三個字，但是聽起來，也就是我的聲音。

我勉力令自己鎮定，並且迅速得出了結論：「你們的新技術一點也不可靠！」

黃蟬道：「新技術不可靠，但也不是完全沒有依據——會出現這樣的結果，當然令人意外之至！」

我很是生氣，居然會有人認為那真的是我，這人多半是吃石灰長大的。

我一面說，一面指着自己的臉：「請看，我的臉很正常，沒有一塊頭骨畸形！」

黃蟬道：「我起先也不免以為衛先生可能近期遭到了意外，但現在當然知道不是了！」

我乾笑了兩聲：「好笑得很！」

黃蟬美目流盼，視線在我臉上，打了一個轉，神情顯得很是神秘。

第三部

主管

她這個人，用「深不可測」四字來形容，再恰當不過。我全然不知道她心中在想些什麼，只好沉住氣，以不變應萬變。

白素道：「且看看這人在守衛如此嚴密的地方，究竟做了些什麼？」

黃蟬答應了一聲：「他通過了更嚴密的守衛，進入了一間中心密室。」

這時，熒屏上可以看到，那人（是一副活動的骷髏骨）已經打開了一道小小的門，那門打開後，呈現一片由紅色光線組成的網，網格極小，只有一公分見方。

如果那是激光組成的警網，那麼，一隻蒼蠅要飛過去，也得十分小心才行。

黃蟬道：「這裏，又證明他是知道密碼的！」

只見那人略一摸索，那激光交織的網，陡然消失。

黃蟬又道：「看這裏，可以知道這人對一切設備，瞭如指掌！」

這時，只見那人站着不動，並沒有立即走進去，卻又在門邊伸手摸索着，動作很是緩慢。

這人身在險地，毫無疑問，他進入了這種地方，比深入蠻荒還要凶險，可是他這時，動作慢吞吞，一副好整以暇的模樣，看得人代他緊張。

黃蟬又嘆了一聲，我忍不住問：「這人還不進門去，他想幹什麼？」

黃蟬望了我一眼，目光之中，大有深意——後來我才知道，她是在考慮我這一問，是故意的，還是真的不知道。因為如果我是真的不知道，那她就更可以肯定熒屏上的那個人不是我了！

我自己當然知道那個人不是我，也不知道她直到這時候，心中仍不免有懷疑，所以當時根本不知道她這樣的眼光，是什麼意思。

她在望了我一眼之後，沉聲道：「若是不知就裏，以為激光防衛網一撤，就可以進門了，那就會遇上另一重隱蔽的警衛系統，自動發射的子彈，會把人射成蜂窩——要解除這一重警戒系統，必須按下十個號碼，而按動每一個號碼之間，要相隔二十八秒，這個秘密，只有保險庫的主管，和最高指揮才知道。」

我揚了揚眉：「最高指揮的意思是……」

黃蟬道：「不是最高領袖，而是整個國家安全系統的負責人——也不是公開露面的那一位，而是真正掌握權力中心運作的指揮！」

我悶哼一聲：「明白了，特務系統的最高負責人，類似明朝的東廠西廠首領太監，也類似清朝雍正年間的血滴子！」

白素卻以十分平淡的口氣道：「恭喜你了，黃蟬，你升官了。」

黃蟬只是淡然一笑，我呆了一呆，才陡地伸手，在自己的頭上打了一下，比起白素來，我真是後知後覺之至了。黃蟬那樣説，自然擺明了説她就是那個真正的權力中心人物，最高指揮！

一時之間，我望着她俏麗無比的臉龐，不由自主，有一種暈眩之感。

因為這樣的一個俏佳人，和一個龐大的強權勢力的恐怖控制力量，實在是無法聯想在一起的，但是她偏偏就是那個主宰，可以主宰千萬人命運的最高指揮！

我心中思潮起伏，自然也反映在神情上，我絕不欣賞黃蟬有這樣大的權力，我只是欣賞她的美艷。同時，也正由於她那種罕有的美艷，才使我想到，她傾國的權力，是如何的煞風景，我想到的是「卿本佳人，奈何……」

我流露出了這樣的情緒，白素——我相信黃蟬也都可以覺察。我也注意到了黃蟬口唇掀動，像是想為她自己辯護，可是她卻又顯然不知如何開口。

就在這時，白素為黃蟬開脱：「人生在世，各有任務，大任在身，有時，是推也推不掉的。」

她說了之後，我和黃蟬都默然，白素又道：「佛曰：我不入地獄，誰入地獄！」

黃蟬向白素投以感激的眼光，我則投以不解的眼光。我確然有點不明白，在支持大活佛、二活佛他們爭取獨立自主的行為上，白素的態度，遠比我來得堅決。

也就是説，她和黃蟬這個最高指揮，是完全站在對立的立場上的——這種並非是普通的對立，而是在很多情形下，都會產生你死我活的場面。可是白素這時，卻還在為黃蟬説話！

黃蟬不但神色感激，而且居然道：「和你們做朋友，真是樂事！」

白素一揚眉，還沒有出聲，我已疾聲道：「閣下這句話，經過大腦了嗎？」

黃蟬笑靨動人：「即使作為敵人，有你們這樣的敵人，也是樂事。」

我悶哼一聲：「有勞最高指揮下顧，榮幸之至——我看問題極易解決：一個秘密，既然只有甲乙兩人知道，甲沒有泄露，那就一定是乙了！」

黃蟬嘆了一聲：「理論上來說，確然如此，但甲是我，乙是一個絕對可以相信的同志，而且，她也否認她曾泄露秘密！」

我撇嘴聳肩，作不屑再理會狀，白素道：「這個秘密，若說只有兩個人知道，那說不過去，製造者呢？設計者呢？歷年來的主管和最高指揮呢？曾經進過密室的人呢？都有機會知道！」

黃蟬蹙眉不語，我向白素道：「你不知道嗎？這是中國帝皇的傳統，吳王夫差鑿了劍池為墓，引了所有墓工入墓殉葬，秦始皇和曹操，也都殺了無數工匠滅口，這樣，秘密才得成為秘密啊！」

白素望了我一眼，我更借題發揮：「而且，在他們的領域中，什麼都是秘密，問一句『今天天氣怎樣』，是刺探氣象秘密；跑進銀行去，想詢問一下存款的利率，弄不好就是刺探金融秘密！」

黃蟬嘆了一聲：「衛先生，對於一個來求助的人，請寬容一些，好嗎？」

她語音動聽，話又說得委婉之極，倒叫我不好意思再說下去了。

我只好道：「你還沒有回答白素的問題。」

黃蟬道：「這一切的設計，全是分開來進行的，設計者只知道那是警衛系統，根本不知道放在何處使用。而安裝者也不知道內容。這工作，當年由鐵大將軍親自負責，你該知道他對工作的認真！」

提到了「鐵大將軍」，我不禁有點黯然，他是我少年好友，一生戎馬，出死入生，官拜大將，結果也在殘酷的政治風暴中倒了下去，自殺不成，斷了雙腿，看破一切，人生若夢。

黃蟬這時提到了他，倒使我吃了一驚：「你懷疑是他泄露了秘密？」

鐵大將軍和我之間，曾發生過許多事，我曾記述在好幾個故事之中，我自然要為他的安危擔心。

黃蟬的回答令我安心：「確然有人懷疑過，但是自從他離開了最高指揮的職位之後，密碼早經更改，而且改了不止一次，所以他沒有嫌疑。」

我呼了一口氣——我不但和鐵大將軍本人有交情，和他的兒子也有一段交往，當然不想他們如今的生活，再受到干擾。

我望了白素一眼：「這樣看來，答案實在只有一個了！」

黃蟬嘆了一聲：「可是，那實在不可能——」

白素一揚手：「你可知道衛斯理的名言？」

黃蟬點頭：「知道——當只有這一個可能的時候，再不可能，也就是唯一的可能！」

我笑：「你倒記得，我看秘密外泄，不是你，就是那主管。」

這本來是再合理不過的分析，可是黃蟬俏臉之上，神情苦澀，她竟然道：「說不定是我在無意之中，泄露了秘密，實在不會是她！」

我和白素不禁大感意外，因為這大悖常理——她寧願懷疑自己，也不願懷疑那主管，真叫人猜不透那主管是何等樣人物！

黃蟬又嘆了一聲：「請看那人做了些什麼。」

我早已好奇，那人偷入如此絕密的禁地，目的究竟是什麼呢？這時，熒屏之上，看到那人終於自那扇小門中走了進去，到了一個保險庫之中，那保險庫中，有許多櫃子，大小高低不一，有的有許多格，有的則是獨立的。

黃蟬在一旁解說：「這保險庫建立以來，進去過的人，不超過十個，放置的東西，都是頂級的機密。」

我屏住了氣息，只見那人，進去之後，直趨左手一架鋼櫃，到了櫃前。

黃蟬在這時，發出了一下頗是古怪的聲音。她道：「那東西，是我親手放進這個櫃中的。」

我知道她的意思——那人直趨此櫃，自然是一早就知道了的。

我問：「當時只有你一個人？」

黃蟬眉心打結，幽幽嘆了一口氣：「當時不止我一個人，還有保險庫的主管。」

我和白素互望一眼，心中更是奇怪，因為所有的迹象，都指出那位主管，是唯一的秘密泄漏者，可是黃蟬卻依然不想承認這一點，這是為了什麼？

黃蟬絕非糊塗人，非但不糊塗，而且玲瓏剔透，精明能幹，至於極點，她這樣想，一定有她的理由！

我們先不出聲，等她作進一步的解釋，她向熒屏指了一指，示意我們留意看。

只見那人沒費什麼工夫，就打開了那個鋼櫃，櫃中放着不少東西，那人拉開了一隻抽屜，一下子就取出了一隻相當大的長方形盒子來。

一看到了那隻長方形的盒子，我就發出了「啊」地一聲，手指着熒幕，神情激動，一時之間，說不出話來，而有關這盒子的一切記憶，卻一下子湧了出來。

我第一次見到這盒子，還是在少年時期，我的一個堂叔，我稱之為七叔的，在大風雪之夜，腋下夾着這隻盒子，回到了故鄉。他把那盒子安放在故宅大堂的正樑之上，當日他身形翩翩，夾着盒子，飛身上樑的情景，如在眼前。

他打開盒子，向各人展示盒中三樣絕不相干的東西的情形，也如在目前。

接着，便是大隊喇嘛找上門來，七叔帶了盒子離去，連人帶盒，就此失去了蹤迹。直到大偵探小郭，僱人在十里長河河底打撈，這才又找到了它，可是也落到了強權勢力之手——這一切經過，全都記述在《轉世暗號》這個故事之中。

那長方形的盒子中，有着三樣奇特無比，和喇嘛教的二活佛轉世有關的法物，那是一只小而能發出震人心絃聲響的銅鈴，一簇看來永遠如沾着露水，迎着朝陽的鮮花，和一隻看來如同有生命的手掌。

這三件法物，必然和二活佛的轉世有關，可是這三件法物，在確定二活佛的轉世靈童的身分時，將如何產生作用，卻除了轉世的二活佛之外，無人知道——這也就是暗號之二的內容。

強權勢力雖然得到了那三件法物，可是解不開暗號之二，所以也就遲遲不敢隨便擁立一個轉世的二活佛，尤其當轉世二活佛已然出世的消息，正迅速傳播開去的時候，他們更不敢貿然行事。

而我，更知道，若是強行把一個冒牌貨當成轉世的二活佛，而進行確認的儀式，那麼，儀式進行的時刻，就是真正的二活佛所說的「最佳時機」，真正的轉世二活佛，能夠在萬眾矚目的情形下，叫人相信他才是真正的二活佛轉世。

我也知道，到那時，真正的轉世二活佛，必然是依照他所知道的暗號之二來行動——我和白素，研究過許多次，但一時之間，也還未曾解開暗號之二的內容。

我所知的資料，遠比強權勢力多，我且曾見過轉世二活佛本人，尚且未能識破暗號，強權勢力自然更識不破，這也正是他們不得不採取拖延政策的原因。

但儘管如此，那三件法物，仍然重要無比，被安放在如此防守嚴密的保險庫之中，也是順理成章的事，但是，居然有人深入險地，來偷這三件法物，這就匪夷所思，神秘莫測之至了。

以我和白素，對這件事的捲入程度，再加上雖不可靠，但是經由電腦組織出像我的人像來，我被人當作是這個盜寶之人，也就不稀奇了。

一時之間，我思潮翻湧，說不出話來。

白素知道我的心意，她道：「只是一隻盒子，未必就是那三件法物！」

黃蟬的聲音苦澀：「正是那三件法物，和二活佛的轉世有關！」

白素自然而然道：「這人好大膽，真是個人物，不過他偷了三件法物，對於轉世二活佛沒有幫助。」

黃蟬立時現出了極其驚訝的神情——她居然可以克制着不出聲，已是大不簡單，但內心的驚訝，還是從臉上顯露了出來。

而白素也立時覺得自己說溜了嘴，她轉過頭去，裝成沒事一樣。

這其間的內容，相當複雜，需要詳細解釋。

首先，有關轉世二活佛的一些重大秘密，除了我和白素之外，甚至連大活佛也未必知道——大活佛和二活佛只是「神會」，而我和二活佛，是真正見過面的，所以，黃蟬他們，也一定不知道，所以黃蟬聽不懂白素的話。

白素的話，意思是說，那三件法物，落在強權勢力之手，對轉世二活佛來說，是一件好事，因為強權要扶植偽二活佛，必然會亮出這三件法物來，以昭可信，那也就造成了轉世二活佛的「最佳時機」。

如果這三件法物，落到了二活佛手中，由他自己拿出來，對公眾的取信程度，自然大打折扣，取不到石破天驚，一舉成功的效果。

所以，那人若是為了二活佛而去偷那三件法物，那是多此一舉，反而對二活佛不利。

自然，有一個可能是，強權由於解不開暗號之二，棄三件法物而不用——

但這個可能微之又微，因為強權根本不知道存在着「暗號之二」，那三件法物，在他們的心目之中，有至高無上的利用價值！

這其間包含的曲折，很是複雜，黃蟬雖然因為白素的那句話而明顯起疑，但其中的玄機，饒是她聰明絕頂，只怕也參不透。

一時之間，三人都不説話，黃蟬首先打破沉寂：「白姐，你知道一些事，是我不知道的！」

白素應聲道：「不是『一些事』，是很多事。」

黃蟬咬了咬下唇，沒有説什麼，我在一旁，見這兩大美人鬥智，真是好看煞人，我對白素有信心，知道她絕不會吃虧。但我也不想她們一直針鋒相對，所以我道：「這人成功了？」

因為直到那時為止，還是只看到那人取出了那盒子，他能進來，是不是可以全身而退，還是問題，所以我才有此一問。

黃蟬沉聲道：「是的，他成功了！」

我用力揮着手：「太不可思議了，這人的行動，全被記錄了下來，他怎麼有機會全身而退？」

黃蟬道：「一切記錄，全是自動的。」

我「哼」了一聲：「警衛人員呢？」

黃蟬道：「由於自動保衛系統太完善，所以沒有警衛，全部系統，只有一個主管。」

我有點愕然，黃蟬又道：「而且，基於保密的原則，愈是重大的秘密，就愈少人知道愈好。」

我提高了聲音：「請你用簡單的方法說。」

黃蟬道：「我說得還不明白麼？一直只有一個人，管理這個所在！」

我「哦」地一聲：「有一利必有一弊，只用一個人來管理，雖然合乎保密的原則，但是只要這個人出了點毛病，整個系統，就變成無人管理了。」

黃蟬點了點頭。我又問：「那主管出了什麼毛病？」

黃蟬苦笑：「偷進來的那人，顯然深知一人管理的內幕，所以第一件事，就是把主管麻醉了——用的是遠距離發射的麻醉槍，防不勝防，所以，他出入的是無人之境。」

白素道：「他成功了。」

黃蟬點了點頭，白素抿着嘴，沒有出聲，但是卻向我望了一眼。

我完全可以在她的眼神之中，明白她的意思。她是在說，盜走了那三件法物的人，壞了轉世二活佛的好事——強權方面，不見了那三件法物，自然更會把確認二活佛轉世這件事，拖延下去，那也就是說，大大地耽擱了轉世二活佛的「最佳時機」，使轉世二活佛沒有得到舉世公認的機會！若然這個人的立心是幫轉世二活佛的忙，那是不折不扣，幫了倒忙！

而近來，不斷有消息說，強權勢力，想通過種種的「教育」，在民眾，尤其是青少年之間，消除大活佛、二活佛的精神影響力，以達到根本不再需要利用活佛的目的——這自然是釜底抽薪的方法。雖非短期能完成，但卻是最厲害的宗教絕滅、文化絕滅和精神絕滅之法！

我想了一會，才冷笑道：「這倒是一樁天大的新聞，在如此嚴密的保護之下，這樣重要的東西居然會失盜！」

黃蟬斜睨着我：「所以，當電腦上出現閣下的圖形時，很多人都相信，只有神通廣大如閣下，才能夠做到。」

我不屑辯解，只是道：「照我看來，只有一個人的嫌疑最大。」

黃蟬望着我，可是她並沒有「那是誰」的這種疑問，可知她也心中有數，是誰的嫌疑最大。在這樣的情形下，我就不必明言了。

可是黃蟬卻又搖了搖頭：「只是，她實在沒有可能做這種出賣秘密的事。」

我不禁有點冒火，我知道，她也知道，嫌疑最大的人，就是那個主管——一切出入的秘密，那主管知道，放置三件法物的時候，那主管又在場，事發時，那主管又中了麻醉槍，一切線索加起來，都表示那是這個主管幹的好事！

可是黃蟬卻一再維護那主管！

我冷冷地道：「那主管是不是大有來頭？是最高領袖的女兒？你們會懷疑到我的身上，怎不會想到她的嫌疑才最大。」

白素在這時，也作了一個表示同意我看法的手勢。

位？」

黃蟬嘆了一聲：「我很難解釋明白，她跟我來了，是不是可以請她來見兩

我呆了一呆，一時之間，不知道黃蟬這樣做，有什麼特殊目的，向白素望去，她也一樣疑惑。我道：「好吧，請她來一見。」

黃蟬道了謝，自衣袋裏取出了一樣東西來，那東西如一包香煙大小，上面有許多按鈕，看起來，像是一具「遙控器」。

她把那儀器向我和白素展示了一下，我們相顧愕然，只料到那或者是什麼特殊的通訊儀。只見她按下了其中的一個掣鈕，起身，向外走去，一面道：「我去給她開門。」

看來，那主管竟像是早就等在門外的。

黃蟬下了樓，我和白素也出了書房，到了樓梯口，向下看去。

那時，我已可以肯定黃蟬手中的那東西，是一具通訊儀了——她按了一下，發出信號，那主管接到了信號，就立即來按門鈴。

可知這一切，是黃蟬早經安排的！

第四部

寂靜世界

一想到這一點，我不免略感不快，因為我不喜歡在他人的安排下，變成一顆棋子！

我正在思索，該如何對付黃蟬這個厲害的角色時，只見她已打開了門，而一個瘦小的人影，飄了進來。

我說是一個「瘦小的人影」，而且是「飄」進來的，真是一點也沒有錯。雖然，明明是一個人走了進來，但是在定了定神之後，我還是感到，那只是一個人影在飄進來！

她的整個人都在飄——她身上的長袍在飄，她的長髮在飄，她的手臂在飄，無聲無息，輕盈絕倫，像是不但貼着地飄，而且可以隨時飄向空中。

我只聽說過年輕人的黑紗公主，是隨時都可以冉冉飛起來的，我沒有見過。而如今這個女子，她若是能升上半空的話，我也不會詫異。

她身形中等，雖然穿着寬大的淡青色袍子，可是可以看得出，她的身形，瘦削之極，估計她有一六五公分高，但體重絕對不超過四十公斤。

她進來之後，黃蟬迎了上去，兩人自然而然，輕輕擁抱了一下。

接着，來人便抬頭向上仰望，使我和白素，都可以看清楚她的臉面。

而一看之下，我們也陡然震呆。那種震動，應該可以說是屬於「驚艷」的範疇，但是卻又和一般的驚艷，大不相同。

而且，我的震驚，尤在白素之上——白素只是驚訝，驚訝於這雙大眼睛，是如此黑白分明，如此澄澈，如水晶、如明星、如詩如畫。而在這雙大眼睛之中，卻又蘊藏着無助、無依、無奈，那種內含的驚惶，使這雙眼睛的主人，看來更是楚楚可憐。

除了那一雙大眼睛之外，那個小女孩——我不知道她的實際年齡，但是在感覺上，她就是一個小女孩。她的五官，精緻細巧，不是那種標準的艷麗，可是卻使人油然而生憐惜之心，有着嬰兒的臉一樣，能把人心中的愛憐全都引出來。若是有一個年齡相若的男青年見到了她，把她擁在懷中，或是捧着她蒼白的臉頰，細細端詳，或是深深印吻，我都不會當作是有什麼意圖，而那只是這小女孩實在太惹人憐愛，激發了男青年要愛護異性的本能。

黃蟬帶進來的，竟然會是這樣的一個小女孩——她無論如何，無法和剛才敍述之中的那個可怕的秘密所在的「主管」，聯繫在一起！

這已是夠令人吃驚的了，而對我來說，這樣一雙如月夜秋水的大眼睛，有說不出來的熟悉，可是又有難以捉摸的遙遠和朦朧，它必然曾在我生命之中出現過，如今也成為我的回憶。

可是，為什麼又那麼難以捉摸，它和我記憶中的印象，不能完全吻合，可是卻又極度神似。

剎那之間，我全身發僵，樣子也一定古怪到了極點。事後，白素說，那麼多年來，從來也沒有看到過我現在如此可怕的神態。所以，當時她也大是震動，握住了我的手，我的手冰涼，不等她發問，我就道：「現在，我不確知為什麼？」

白素低聲道：「這小女孩，叫你想起了什麼？」

我點了點頭，但那只是同意了白素的話，至於具體想起了什麼，我腦中一片紊亂，還說不上來。

那小女孩抬頭向上望，她的動作很慢，剎時之間，像是時間停頓，而她也不像是一個真實的人，只像是一個雕像，或是一個立體投影。

接着，黃蟬和她，一起向樓上走來，黃蟬的步伐，已經是輕盈無比的了，可是那女郎，依然像是在飄動，她不時抬頭向我們望上一眼，口唇微微掀動，像是想說什麼，但又不知如何說才好，那種天然的微羞，更現出她的少女天真。

這時候，我和白素，不由自主，齊齊嘆了一口氣。

我們的讚歎，意思是一致的：人間竟然有這樣的人物！

這樣的人物，實在難以分類，若說惹人憐惜，也是一種優點，那她毫無疑問，優秀之至，但是這樣柔弱無依的外形，是不是真正代表了她的內心呢？要知道她不但是黃蟬的同類，而且擔任着極其重要的工作，那樣一想，她的外形就成為她最可怕的迷惑他人的武器了！

一時之間，我思潮起伏，思緒矛盾之至，而她和黃蟬，已來到了樓上。

白素也自然而然，張開雙臂來——在展現愛心這一方面，白素一向在我之上，在那女郎走上樓梯來的短短時間之中，我相信，白素也想過我所想的。可是她還自然而然作了這種形式的歡迎，那是一個母親給予一個在外面受盡了委曲的女兒的回家式歡迎，連我也不免略感意外。

可是那女郎卻像是受慣了這種形式的歡迎一樣，她自然而然，一步跨向前去，投入了白素的懷中，輕輕抱住了白素。

白素也抱住了她，輕拍着她的背，作無言但是極有力的安慰。那女郎的雙手，貼在白素的背上，又瘦又秀氣，白得一點血色也沒有，而且，晶瑩如透明，淺青色的血脈，就在如玉的肌膚之下隱現。

我在這時，也忍不住走了過去，先輕撫了一下她柔軟的秀髮，再在她的手背之上，輕輕拍着——這樣的身體語言，純粹是為了安慰一個小女孩而發的。

我和白素，都明知這個女郎，絕不止「小女孩」那麼簡單，可是我們都不由自主那麼做，由此也可知這「小女孩」的外形，是如何引人同情。

只聽得黃蟬道：「衛先生、白姐，太不公平了，我從來也沒有得到過這樣的待遇！」

黃蟬的話才一說完，只聽得另一個聲若洪鐘的聲音，轟然響起：「別說你，連我也沒有這樣的待遇！」

這聲音一發出來，登時舉屋轟然，接着，樓梯上便傳來了騰騰的腳步聲，而且，令得整棟房子，都為之震動，聲勢之猛，一時無兩。

這種情形，在別人的心目之中，或者會認為是異常的現象，但是對我和白素來說，卻親切無比，因為聲音才入耳，我們就知道，是我們的寶貝女兒紅綾，回家來了！

這時的情形，有些特別，而且一些事，是交疊在一起，同時發生的，但是敍述時，卻又必須分開來，這是文字敍述的特色，接受敍述的朋友，必須自己運用思考力，再把許多事疊在一起，才能重現當時的情景。

當時，紅綾一面說，一面大踏步向樓上走來，雖然她只是一個人，可是製造出來的聲勢，就像是一輛坦克車在轟隆轟隆輾上樓來一般。

她這樣的聲勢，自然引人注意，我看到黃蟬向她望去，閃過了一絲驚訝的神色之後，顯然一下子就知道了這個身高近兩公尺，身形魁梧之極，濃眉大眼的女郎是什麼人，所以她現出了親切的笑容來。

（後來我才知道，在黃蟬臉上一閃而過的驚訝，另有別的原因。）

而紅綾這時，也和黃蟬打了一個照面，她也現出驚訝的神情，脱口道：「媽，這女子比你還好看！」

我和白素自然在她一出現時，就望向她了，只見她神采飛揚，一面一陣風也似，向上捲來，一面還擺動着雙手，以助聲勢。

這還不止，在她的肩頭之上，還停着一頭巨鷹。每當紅綾一擺手，那巨鷹就振一振翅，牠雙翅橫展，足有三公尺，一時之間，勁風颯颯，像是天崩地裂一樣，聲勢更是猛惡驚人。

也就在紅綾快要來到面前時，我覺得有人捏住了我的手指。我怔了一怔，這才注意到，白素的懷中，仍然擁着那女郎，我的手，也仍在那女郎的手背之上，那女郎略翻手，捏住了我的手指——她的這種動作，是對我關懷的回應，表示接受我的關懷，本來很正常。

而令我奇怪的是，紅綾的出現，聲勢如此猛烈，她竟然連頭都不回一下，那就太不正常了。

白素也顯然覺察到了這個不正常，她輕輕一推那女郎，那女郎這才半轉過身來，自然也一下子看到了紅綾。

她和紅綾一打照面，紅綾先張大了嘴，發出了「啊」地一聲，視線盯在她的臉上，再也移不開，而且流露出無比憐惜的神情。

那女郎望着紅綾，先是一怔，接着，露出怯怯的神情，向白素靠了一靠，一雙大眼睛之中，有着明顯的害怕之意。紅綾「啊」了一聲之後，過了幾秒鐘，又是「啊」地一聲。

接着，她向那女郎張開手臂，也想要擁抱對方！

我自然可以肯定，紅綾對那女郎，絕無惡意。可是兩人的體型，相差實在太遠，我相信紅綾只要略一用力，一定可以將那女郎的骨頭，壓斷幾根。

我剛想出言阻止，要紅綾別太魯莽，也怕那女郎不敢接受紅綾的好意，惹她不快。

但就在這時，只見那女郎神情坦然，已然投向前去，紅綾雙臂一圈，已把她瘦小的身軀，完全擁入懷中！

紅綾大樂，一面拍着那女郎的背，一面咧着大口問：「爸，媽，這好看的姐姐，和可愛的小妹妹，是什麼人？」

我估計紅綾只是隨便問一問，可是這問題，要回答還真不容易。

雖然紅綾不但早已不再是女野人，而且，學識又豐富，無人能及，可是要她明白特殊人物如黃蟬的身分，還不是易事，這其中牽涉到的問題太廣，和人類行為中最醜惡的一面有關——少數人硬將自己的意念，加在大多數人的頭上，形成用武力和流血維持的統治和被統治的關係，這是人不能夠成為高級生物的主要原因。

白素看出了我的為難，她道：「是客人。」

紅綾「哦」地一聲，放開了那女郎。

直到此時，那女郎非但未曾說過一句話，而且未曾出過一點聲，只是憑着她那雙動人的大眼睛，在沉默之中，傳達着信息。

這時，她瘦小的身軀，全在紅綾強有力的雙臂環抱之下，兩人四目交投，雙方竟有着難以形容的心理上的融洽。

雖然我明知這是不可能的事，兩個人，就算她們全是青春年華的少女，由於身分不同，她們也絕不可能有心靈上的交匯。

那少女外表看來，如此纖弱，如此秀麗，如此惹人憐愛，但她既然身為「主管」，自然也如同黃蟬一樣，是受過嚴格訓練的特工。我自然而然，想起了另一個少女水紅來，水紅在外表上看來，何嘗不是一個青春亮麗，活潑可愛的少女？

還有柳絮，她甚至是極度地嫻雅古典，但是在她的體內，卻有小型的核武器，可以毀滅一個城市。

可知她們這一群，外形也正是她們的武器之一！

但是，從如今的情形來看，卻又實在無法否認紅綾和那女郎之間，確然有着心靈上的交流——如果這種情形，也能出自偽裝的話，那實在太可怕了。

這時候，紅綾突然變得溫柔起來，她輕啟朱唇：「妹子叫什麼名字？」

我和白素看到她這種異乎尋常的行動，想笑又不敢笑出聲來。只見那女郎仍然睜着她那雙大眼睛，望着紅綾，竟然一點反應也沒有。

那女郎的這種態度，當然不正常，可是又不使人覺得她無禮，只是感受她眼中的迷惘和無助。

在一旁的黃蟬代答了紅綾的問題：「她的名字是秋英。」

一聽得黃蟬說出了那女郎的名字，我突然覺得鬆了一口氣。

因為我知道，黃蟬她們這一群自小受訓成為「人形工具」的女子，姓名有一個特點，就是連名帶姓是兩個字，必然是一種花的名稱，而第一個字是應該有的姓氏，像黃蟬，海棠、水紅、柳絮。

這個女郎的名字是「秋英」，雖然在文學上，尤其在《楚辭》之中，「秋英」是花的代稱，但似乎不是某一種花的專門名稱。

這有可能表示，這女郎並不是「她們一類人」——那是我衷心希望的事。

可是在我身邊的白素，卻在同時，低嘆了一聲：「秋英是正式的名稱，俗稱波斯菊。」

我的心向下一沉，那毫無疑問，這女郎正是黃蟬她們這一類人了。

所以，我也禁不住低嘆了一聲。

因為秋英既然是她們一類人，她的身分，就複雜無比，她非但是一個厲害之極的特工，而且還可能是個叛徒，出賣了機密，使得那蒙面人能夠進入保險庫，她是那個嫌疑最大的主管。

（後來，我查了一查，「秋英」是古稱，俗稱波斯菊，又稱大波斯菊，是一種極燦爛易長的花卉。）

紅綾聽了黃蟬的話，她的視線，仍然停留在秋英的臉上：「你叫秋英？」秋英也仍然睜着一雙大眼睛，望着紅綾，可是奇怪的是，她仍然一點反應也沒有——就算她陶醉於紅綾的擁抱，這樣的反應，都是極怪異的。

我和白素都覺察了這一點，一起向黃蟬望去。黃蟬十分愛憐地望着秋英，用很低沉的聲音道：「她的世界和我們不同，她活在寂靜的世界中！」

黃蟬雖然沒有直說，但是我和白素還是立即明白了——纖弱秀麗的秋英，是個聾子；而且多半是天生的聾子，她的世界，是絕對的寂靜！

聾子，自然也沒有說話的能力——語言是通過了聽覺來學習的。

可是一時之間，我仍然難以接受這個事實——因為即使是聾子，也可以出聲，可是秋英自出現以來，一點聲音也沒有發出來，像是不但是她接受的是寂靜世界，她給的，也同樣是寂靜世界！

而白素，更是手語的專家，她一聽了黃蟬的話，立刻向秋英打出了手語：「沒關係，我們一樣可以交談，歡迎你來！」

同時，我也想到，就算是一個聾啞人，多少也有一點唇語的能力，紅綾剛才對她所說的那句話，簡單得很，她應該看得明白，何止於一點反應都沒有？

而此際，對於白素的手語，秋英仍然是沒有反應，反而，她望向紅綾肩頭上的鷹，憂鬱的雙眼之中，竟現出了一絲喜悅之色。

她分明是有思想的，但何以竟然對外界的一切，如此漠然而沒有反應。

我和白素心中充滿了疑惑，心知在這個怪不可言的女郎身上；一定有極其特別的故事，我們一起向黃蟬望去，黃蟬低下了頭，長長的睫毛顫動，盡量令她自己的聲音，聽來平淡：「她在一個很特別的環境中長大。由於先天的缺憾，她不知道什麼叫聲音，也不知道什麼叫語言，她也沒有學過手語，她一生之中接觸過的人，不超過十個，從她大約十歲開始，她就和我一起生活，她今年大約是二十歲出頭，可是由於她的外形，她的真正年歲，無人得知，她是一個孤兒！」

我大是詫異：「可是，剛才你請她進來，她立即出現，你是用什麼方法通知她的？」

黃蟬又取出了那「遙控器」來：「這儀器，發出的信號，可以被她腦部的一個植入體所接收，儀器可以發出大約一百個信號，她受過接受這些信號的訓練——她的生活天地，就在那些信號之間！」

我不禁怒吼：「胡說！她能接受我們親切的擁抱，這難道也包括在儀器的信號之中？」

黃蟬嘆了一聲：「別忘了，她始終是人，總也有人的感情！」

本來，在聽了黃蟬對秋英的「簡單介紹」之後，我只感到了一股寒意，遍體漫遊，這時聽得她那樣說，寒意登時化為燥熱，無明火起，我先發出了一下吼叫聲，以發泄胸臆中的不平和憤懣。白素和紅綾，很明顯也與我有同感，所以她們對我的大吼，並不感到奇怪。

接着，我聲色俱厲地指斥：「人！你也知道她是人，可是你看看，你們把一個人訓練成了什麼樣子？她還有多少成分是人？是一具活的，會接受一些信號的儀器，還是一個人？」

指斥之後，意猶未盡，再伸手在書桌上重重拍了一下：「虧你也知道她是一個人！」

我的聲音和動作，都相當驚人，人人動容，只有秋英，卻全然未曾注意，只是和紅綾肩上的那隻鷹在逗着玩。那鷹也對她很是友善，任由她在翎羽之上輕撫着。

我發作完了之後，盯着黃蟬，以為她多少會有點愧對我嚴厲的眼光。誰都知道她竟然若無其事，只是淡然一笑：「衛先生，你想詳細討論這個問題？」

白素沉聲道：「我們都想。」

黃蟬道：「好，秋英在沒有滿月的時候，就發高燒，而導致聽覺神經受到永久性的傷害，進入了她的寂靜世界。同時，她腦部也有其他地方，受到了不同程度的損害，這是無可避免的病災，當時，曾集中了全國最優秀的醫生，為搶救她的生命而努力；她能生存，可以說是優秀醫生的努力，再加上奇蹟。」

我悶哼一聲：「她有什麼來頭？」

黃蟬的回答，令我震驚：「不知道，但當時，能有如此大規模的醫學搶救行動，是由鐵蛋鐵大將軍，親自下令，監督執行的！」

黃蟬的話，令我震驚得好一會說不出話來。鐵大將軍是我少年時的好友，他後來南征北戰，為開創政權，立下了汗馬功勞，官拜大將軍，赫赫有名。可是結果又在殘酷的權力鬥爭中倒下來，甚至成了殘廢，隱居德國，下場十分令人扼腕。

我和這位大將軍，在早期和晚期，都是知交，可以說無話不談，甚至包括了駭人聽聞的「大秘密」在內，可是我從來也沒有聽說過他和什麼女嬰有糾葛！

所以，我在駭異之後，自然而然搖着頭，表示那太不可思議了。

黃蟬果然非同凡響，她立時道：「衛先生和鐵大將軍交情深，沒有聽他說起過？這事之後不久，將軍就出了事，驚濤駭浪的事太多，搶救一個小女孩，在將軍的一生大起大落生涯之中，只是小事一樁，他可能是早就忘了。」

黃蟬假設的解釋，可以說合理，我還問了一句：「這小女孩……秋英和鐵大將軍，有什麼關係？」

黃蟬道：「不知道，當時，我也年幼，當我見到秋英時，她和我們一起生活——鐵將軍曾是我們的最高領導，猜想是秋英痊癒後，由於是將軍交代醫治的，治好了之後沒人理，就留在我們的單位了，她自小人見人愛，沒人會嫌棄她，就這樣……莫名其妙，成了我們之中的一員——當然，大家都知道，她和鐵大將軍，必然有一定的淵源，只是難以查證。」

我悶哼了一聲，對黃蟬所說的「難以查證」不表苟同。因為鐵將軍雖已隱居，但是我要找到他，並不是什麼難事，事實上，就在幾年前，我還和鐵大將軍父子，有過一段交往，頗是驚心動魄，我都有記敍過。

我也相信，黃蟬如果要找鐵將軍，也不是什麼難事，只是她不願去找而已。

我在那一剎間，已下了決定，不管事情發展如何，我都要抽空去找鐵蛋一次，弄清楚秋英的來歷——究竟為什麼要這樣做，我自己也說不上來。當時我聯想到的只是，黃蟬是不是在利用我，去找鐵蛋，以弄清楚秋英的來歷呢？

白素在這時道：「她生活在你們之間，雖然她有缺陷，但也可以過一般殘障人的生活！」

第五部

悲苦的心

黃蟬低下頭一會，才道：「在她周歲那一年，鐵將軍出了事，另外一位比鐵將軍地位更高的統帥掌權，發現了秋英，就提出了他獨特的構想——把秋英訓練成為最可靠的一個看守者。」

我和白素，隱隱明白那是什麼意思，是以不由自主，感到了一股寒意。紅綾涉世未深，對於人間的種種醜惡，不是那麼敏感，所以她問：「這是什麼意思？」

當時，紅綾早已經放開了秋英，也把那鷹自肩頭引了下來，讓牠停在秋英的手臂上，秋英正和鷹玩得十分忘我，看來一點也不知道我們正在討論她的事。

黃蟬道：「看守工作是一個簡單的工作，統帥的意思是，要把她訓練到除了那簡單的工作之外，其他什麼也不會——那樣，她就必然是世界上最可靠的看守人了！」

紅綾詫異之至：「那怎麼可能，她是人，一定會懂得很多別的事！我是野人的時候，也懂很多事！」

我握住了紅綾的手：「你是野人的時候，有靈猴教你，你又和大自然接觸，有種種生活的經驗，你又沒有生理上的缺陷。」

紅綾像是明白，點了點頭。

黃蟬道：「她於是過着與世隔絕的生活，長久以來，她只是面對一個人，而在她腦部植入信號接受儀之後，她也只根據那些信號行動。等到她成年之後，她就成了秘密倉庫的主管。」

我堅持原來的問題：「經過你們這樣的摧殘，她還能算是人嗎？我看她只是一個活的……活的……」

由於情形實在令人憤慨，所以我竟然想不出什麼恰當的形容詞來。

黃蟬略移動了一下身子，來到了我的面前，她且不說話，只是望着我。她的眼神，深邃動人之至，內蘊着不知多少言語——這樣的一雙眼睛，本身就是一項厲害之至的武器，要抵禦這樣的武器，並不是容易的事，我必須勉力鎮定心神，才能使我的聲音聽來，和剛才一樣地冷和堅決：「回答我的問題！」

（後來，白素曾說，在那一刻，她居然擔心我敵不過黃蟬的進攻，會敗下陣來。）

黃蟬淡然一笑，向秋英指了一指：「你對我，或者說，你對我的組織，發出了許多指摘，我們現在，不討論別的，只討論對待秋英的那一點？」

我沉聲道：「是，你們用不人道的方法對待她，使她變成了一個……一個……」

我再一次無法把秋英目前的情形，去分類形容。

黃蟬作了一個手勢，示意我不必動腦筋去想了，她仍然指着秋英：「你看看，她像是一個不快樂的人嗎？」

我呆了一呆，這時，那鷹正在秋英的面前，跳躍着，鷹一跳起來，秋英的身子就向後縮一縮，現出又高興又害怕的神情，看起來，確然絕不能用「不快樂」來形容。

黃蟬緩緩地道：「你說不出怎麼形容她，我說很簡單，她是人，是一個快樂的人，她的腦子，比起普通人來，可以說是一片空白，只有那幾十個信號。她無憂、無慮，不愁生活，沒有思想，她有本能的反應，她自然也有痛苦，可是她的痛苦，全是生理上的現象，沒有心靈上的苦痛。她的快樂，發自內心，一件極小的小事，就可以令她感到真正的快樂。她沒有慾念，沒有所求，自然也就沒有失落，不會悲傷。世事紛擾，卻與她無關，她單純空明，世上芸芸眾生，無人能及。令嫒在苗疆時的無拘束，大自在，也至多只及她的十分之一！」

黃蟬忽然之間提到了以前的紅綾，我不禁震動了一下。自然而然，向紅綾望了過去，只見她在一時間，也有點惘然之色，但隨即恢復了正常，並且道：「你錯了，我並不懷念以前的野人生涯。」

黃蟬竟像是早就知道了紅綾會有此一說，她立時道：「你不同，你生理正常，有父有母，當然回歸社會，如魚得水。可是她不同，你不覺得如今這種情形，對她來說再好不過了嗎？」

黃蟬的詞鋒銳利，連我和白素，都未必是對手，遑論紅綾——她立時張大了口，說不上來。

我沉聲道：「這一切，對你們來說，無非只是為了要有一個忠誠可靠的看守人，並非真正為她着想。」

黃蟬的聲調，仍然很是平淡：「那又是另外一個問題。總之，現在的小秋英，不敢說比世上所有的人都快樂，但絕對比世上許多人更快樂——至少，比我快樂得多，她甚至絕無煩惱。」

說到「至少比我快樂得多」時，黃蟬的聲音低沉，聽來令人心酸。

接着，她又道：「即使她被人懷疑是她出賣了組織，她也根本不知道，一樣沒有煩惱！」

黃蟬這話，是針對我的了——我剛才曾一再強調，那個「主管」，是嫌疑最大的人，可是現在看來，黃蟬並非一直在維護那個主管，而是照秋英的情況來看，她絕不會做出賣組織這種事，因為那根本是在她腦部活動之外的事，她沒有做這種事的能力。

我只好道：「或許她是在無意中，泄露了秘密？」

黃蟬只用了極簡單的一句話，就把我的假設否定了，她說：「她用什麼方法泄露？」

我苦笑，是的，秋英她口不能話，手不能書，甚至無法用行為來表達比較複雜的意願，她如何能泄露那麼複雜的秘密？

白素問：「那麼，她是如何執行她的『主管』職務的呢？」

黃蟬的回答是：「她要做的事，刻板之至，總共十七個步驟，她每天重複這十七個步驟三次，工作就完成了，這些年來，她一直做得很好。」

白素「嗯」地一聲：「有一種自鳴鐘，每隔半小時或一小時，就會有一個人走出來，做一些動作。」

黃蟬的聲音大是委曲：「我剛才所說的一切，兩位一點也不接受？」

白素道：「如果事實真知你所說那樣，我們會接受。」

黃蟬一字一頓：「事實正如我所說那樣！」

白素忽然改變了話題：「一個大家都認為是有為的青年，忽然因為某種原因而昏迷不醒，要依靠維生系統來維持生命，很多人都安慰他的親人：別難過，就算他永遠不醒了，他在昏迷之中，也一無痛苦。」

白素說到了這裏，略頓了一頓，望向黃蟬。

黃蟬果然聰明絕頂，她竟然把白素的「故事」接了下去：「可是也有人力排眾議：怎麼不知他腦部保持着清醒？如果他知道自己是在一種長期昏迷的情形之下，那是巨大之極的痛苦，不如讓他快些死亡的好。」

白素點頭：「獨排眾議的人雖不受歡迎，可是也無法證明他說的不是事實。」

黃蟬針鋒相對：「也無法證明他說的是事實！」

白素緩緩地道：「是的，要知道人的腦部活動的真正情形，極其困難，但是也可以在一定程度上，由外表觀察得到。」

黃蟬抿着嘴，並不出聲——顯然是她知道白素要說什麼，但由於她對白素的話，無法反駁，所以她才不出聲。

白素向秋英一指：「譬如說，她現在很快樂，誰都可以看得出。」

黃蟬仍然不出聲。白素又道：「但是她剛才一來的時候，雙眼之中那種無助、迷惘、孤苦、茫然的眼神，也反映她腦部活動的情況。」

黃蟬不說話，低下了頭。

她一直低着頭，竟達一分鐘之久，這使我們都為之驚訝不已。

剛才，她和白素，雖然兩人都語調優雅，聲線動人，可是唇槍舌劍，正在激烈爭辯，但忽然之間，她竟像是完全放棄了！

我乾咳了一聲，黃蟬仍然垂着頭，低聲道：「這都是我不好。」

她沒頭沒腦，說了這樣的一句話之後，頓了一頓，再道：「秋英有相當強的模仿力，剛才你所說的這種眼神，確然是表達流露無助、迷惘、孤苦……那是我和她單獨相處時常流露的神情，久而久之，給她學去了。」

黃蟬的這種解釋，當真是匪夷所思，至於極點，我剛想發笑，黃蟬已抬起頭來。

當她一抬起頭來，我和她的眼神一接觸，就再笑不出來了！

因為這時，流露在她雙眼之中的那種無依和孤苦，竟十倍於秋英！

於是，她的解釋再荒謬無據，也就變得可信了！

我呆住了作聲不得，心中實在不願意再和這種眼神接觸，可是我卻無法移開我的視線。

我並且不認為她是偽裝出來的，因為我實在無法相信，一個人可以裝出這樣的眼神來。我看到白素走過去，握住了黃蟬的手，柔聲道：「不要太難過了，每個人的心中都有傷心事的。」

黃蟬的喉際，發出了幾下聽來令人心酸的聲音——真正的意義不明。然後，她深深吸了一口氣，略轉過頭去，望向秋英：「她很敏感，我只有在和她一起的時候，才敢把心中的悲苦，自眼神中流露，她雖然不知道那代表什麼，但也會怔怔地面對我，久而久之，她竟然懂得了模仿我的眼神，雖然只有一兩成，但已足以動人心絃的了。」

這時，黃蟬的解釋變得合情合理，可以接受了。

黃蟬立時又作了一個手勢：「別問我為什麼會這樣，那是我的事——請你們替我保守這個秘密，這可能成為我致命的罪名。」

我和白素點了點頭，紅綾有點不解，可是她也感到事情很嚴重，沒有再說什麼。

這時，那鷹飛了起來，秋英雙手向上，打着圈，鷹就繞着飛，看來，她真是一片純真，了無牽掛。

剎那之間，屋子中靜了下來，只有鷹翅展動發出來的聲響。

過了足有兩三分鐘之久，白素才道：「你對我們說了那麼多，目的是什麼？」

這個問題，也正是我想問黃蟬的，以她的身分來說，自她出現後的一切言行，都有嚴重違反紀律之處，尤其是她表示了身在組織之中，竟然內蘊着如此悲苦的情緒，這就大逆不道之至了。

這種情形，如果經由我們傳了出去，那麼，對她來說，大是不利——她的地位雖然高，但上面還有更高的。而且，位高勢危，在那種只求謀權奪利，可以不擇一切手段，多年生死與共的戰友，一轉眼就可以展開血肉橫飛的殘殺，黃蟬無疑是把可以置她於死地的武器，交到了我們的手中！

她這樣做，為了什麼？

黃蟬深深吸了一口氣，向秋英一指：「為了她！也為了我。」

我和白素一起揚眉，表示不解。

黃蟬道：「保險庫中，失去了喇嘛教的三件法物，盜寶者的行動，全被攝錄了下來，來人行動如此順利，顯然是早知一切秘密。」

我轉過身去，望着秋英：「於是，有許多人懷疑是她出賣了秘密。」

黃蟬道：「是，連衛先生你，也未能例外！」

黃蟬詞鋒鋭利，我冷笑了一聲：「在知道了她的情形之後，所有對她的懷疑，自然撤銷——」

白素真是好伴侶，她立即接了上去：「但總是要有一個人被懷疑的，不是秋英，被懷疑的對象，自然就是我們的黃姑娘了！」

黃蟬長嘆了一聲，低下頭去，從她苗條的身形上，也可以感到她內心的困擾。

紅綾大為不平：「不是你做的事，你告訴別人，說不是你做的，那不就行了？」

黃蟬再是一聲長嘆，仍然垂着頭，我向紅綾道：「事情要是那麼簡單就好了，羅織罪名，本來就是統治階層的拿手好戲，傳到了他們手中，更是到了登峰造極的地步，一旦懷疑你有罪，那連你自己做夢也想不到的『罪行』，早已羅列好了，等你來打手印自認有罪了！」

紅綾對於這種可怕的情形，顯然仍不能理解，所以眨着眼睛。

我道：「這是人類行為之中，最醜惡的一環，你不必深究了，你且陪秋英去玩，我們和黃姑娘，有事商量。」

紅綾很高興，一手牽了秋英的手，帶着那隻鷹，一起走了出去。

我和白素，都有心幫助黃蟬，所以開門見山，我就道：「以你如今的處境，帶着秋英來找我們，只有更加不利，不會有好事。」

黃蟬搖頭：「這是我唯一可走的一步！」

我和白素都有點不明白，黃蟬道：「一定有人出賣了秘密，不是秋英，就是我，不會是秋英，嫌疑就落在我的身上，情形雖惡劣，但由於我出身特殊，所以還有辯白的機會。」

我道：「那算是不幸中的大幸，太多人，根本連這個機會也沒有，你們名義上的國家之首，就是頂着叛徒的罪名屈死的。」

我說的這件事，雖然駭人聽聞之至，但卻是舉世皆知的事實！

黃蟬三嘆：「失了喇嘛教的轉世三法物，本來就無風也要三尺浪的最高層，自然有了興風作浪的因由——」

我見她提到了這一方面的事，立時高舉雙手來：「好極，這叫『鬼打鬼』，不論誰勝誰負，死的全是鬼，這種行動，愈多愈好，最好是再來一次全國大亂，造反有理，大幹一場。」

黃蟬望着我，等我說完，才幽幽地道：「上面的鬥爭，我也沒有資格參加，但是最高領導為了不受攻擊，必須把這件事，處理得十分漂亮。」

我冷笑：「這個最高領導早已壽登古稀之上，又不是其無後乎，下令坦克車去鎮壓學生的事也幹過了，還那麼貪戀權力幹嘛？」

白素低聲道：「且別搶白，聽她說下去。」

我冷笑一聲：「大可宣布廢除現有的活佛制度，由他老人家自任活佛，有不從的，一律用坦克車去壓，也就一了百了，乾脆得很。」

黃蟬的俏臉一陣紅，一陣白，白素感嘆：「人做了壞事，儘管有人歌功頌德，儘管有人貪利忘本，但是天下悠悠之口，歷史春秋之軍，總無法抹盡抹煞的。」

黃蟬幾乎是在哀求：「我請兩位相助，若不能，當我沒來過好了！」

我立刻一擺手：「請便！」

她顯然料不到我的心腸如此硬，所以怔了一怔，一時之間，難以下台。

白素卻推了我一下：「我們和黃姑娘又不是第一次相識，你何必那樣對她？」

這時，我忽然長嘆了一聲——老實說，當時我為什麼會喟嘆，連我自己也說不上來，但是後來，證明了我這一聲長嘆，大是有理！

我嘆了一聲之後，經白素一說，我努力使自己的聲音聽來客氣一些：「你究竟想我們怎樣？」

黃蟬這一次，說得再直接也不過：「幫我找出這個人，找回這三件法物！」

我悶哼了一聲，轉過臉去，白素道：「你憑什麼認為我們能做到這一點？」

黃蟬沉聲道：「關於喇嘛教，關於二活佛轉世的事，兩位比我知道得多，所以，也應該比我更有能力找到這個人。」

我一聽得她那麼說，心中不禁一凜。

當下我不動聲色——雖然我連望也不向白素望一眼，但是我知道白素也同樣因為黃蟬的話，而心生警惕。要知道黃蟬的身分特殊，她外表動人，惹人憐惜，使人樂於幫助她，那是一回事，而她若利用這個優點，要利用我們，完成她的任務，那又是另一回事了。

我淡然一笑：「你只怕弄錯了，我們只是一介平民，也不是叛徒，怎麼會和活佛轉世的秘密扯上關係。確立活佛轉世，那是強權勢力的事！」

黃蟬對我直接使用了「強權勢力」這個名詞，竟然一點特別的反應也沒有，連眉毛也沒有抬一下。

她低嘆了一聲：「我實在需要幫助，這一次，如果我過不了關，那我……那我……那我……」

她連說了三聲「那我」，也說不出那她究竟會怎樣。事實上，我和白素，都知道，如今她的處境不妙，不單是失責，組織上還懷疑她有背叛的行為，若是過不了關，那在她的身上，會發生什麼事，真的連想都教人不敢想。

白素也嘆了一聲：「我們實在是幫不了忙……這事情，我看也沒有那麼嚴重，沒有了三件法物，你們一樣可以確立二活佛。」

黃蟬苦笑：「但是說服力就大大減弱，尤其是在有關二活佛的……說法滿天飛的時候，失去了法物，是極不利的事。」

她說着，就用那種十倍於秋英的無助無依的眼光，望着我和白素。

她一定知道，無法坐視一個人流露出這樣的眼光，是我們的弱點，所以她才那麼做的。

明知在那種目光之後，她可能真有一顆悲苦的心靈，但更可能，是她的做作，我們的弱點，也是發作了。

我和白素互望了一眼，我道：「你可以告訴組織，不見了這三件法物，並不是什麼大不利的事。」

黃蟬茫然問：「為什麼？」

這「為什麼」，我就不好回答了，因為要回答，就必然要說出，若是沒有了法物，等於轉世二活佛喪失了「最佳時機」，反而對強權有利。這是個碩大的秘密，我絕不能透露。

所以我道：「只是我的分析。」

黃蟬低下頭去，過了一會才抬起頭來：「那盜寶人……他……他……」

我道：「你不會還以為那是我吧？」

黃蟬道：「不是你，但是一定和你，有特殊關係！」

我又好氣又好笑：「秦檜有了傳人，這是『莫須有』的平方。」

黃蟬搖頭：「不是，我這麼說，有一定的根據——電腦把這個人的頭部骨骼還原之後，現出來的形像，居然是你，那說明什麼？」

我答得極快：「說明電腦錯了！」

黃蟬仍然搖頭：「電腦沒錯，現出來的那個人，其實不是你，只是一個和你在外貌上十分近似的人，由於大家都沒有見過這個人，只見過你，所以一看之下，就以為那是你！」

黃蟬的話，令我心中，陡然一動，我抿着嘴，一時之間，思潮起伏，出不了聲。

黃蟬又道：「兩個人相貌相似，是很普通的事，但最容易有相似相貌的，要推有血緣關係的親屬——父子、兄弟……。」

我的聲音變得很低沉，那是為了掩飾我內心的激動，但顯然並不成功，我道：「你的意思是——」

黃蟬一字一頓：「這個人，推測和你有相當直接的血緣關係，根據已知的資料，我的推斷是：其人姓衛，名不虛傳，行七，所以大家叫他衛七。」

我閉上了眼睛，從「其人姓衛」閉起，到「大家叫他衛七」才睜開來。

衛七，就是我的七叔，也就是最早在喇嘛教的登珠活佛手中，接過了三件法物的人！

第六部

勾心鬥角

衛七把那三件法物帶到了故鄉，窮活佛率眾前來追討不果，衛七又帶着三件法物離去，一去就人、物下落不明。直到小郭在河底撈起了三件法物，落在強權之手。

其間歲月匆匆，我曾用盡法子找尋七叔的下落，卻一點也沒有消息。

而今，黃蟬卻作了這樣的推斷——更令我激動的是，我不單是同意了她的推斷，而且在她說出來之前，我自己也有了同樣的推斷。

衛七，七叔。

他有充分的理由，把三件法物盜走，因為他受託於登珠活佛，他有責任不使法物落於他人之手！

許多許多問題，隨這個推斷而生：這些日子，七叔在什麼地方？在幹什麼？何以他竟會受了這樣的重傷？他怎麼知道秘庫的資料？他盜了法物之後打算如何處置……一連串的疑問，沒有一個有答案。

我思緒紊亂，白素只有比我更甚，她一直望着我，我知道她是在向我問一個問題：你的長相，和七叔相似嗎？

老實說，這個問題看來簡單，但是還真的不好回答。我的記憶之中，當然有七叔的模樣，但是卻無法拿來和我自己對比。

因為，那全是少年時的印象，少年的印象之中，七叔高大威猛，是我崇拜的對象，宛若天人一般，自然難以和自己作比較。

如果七叔有照片留下來，那就容易了，和照片一比較，就算自己難以下結論，別人一看，也可以知道是不是相似了。偏偏七叔一張照片也沒有。

所以，我只好向白素搖了搖頭，然後，我轉向黃蟬：「你的推斷，很令我震驚——老實說，我很同意你的推斷。那人，有可能是我的七叔，但是卻一點用處也沒有，因為我根本不知他的下落。」

黃蟬靜靜地望着我，我又道：「早一陣子，有人在全世界範圍內，出上億英鎊的賞格要找他，重賞之下，也沒有結果。」

黃蟬的神態，安靜得出奇，像是在討論的事，和她沒有什麼關係。她道：「我們可以從一連串的假設之中，來尋求事實的真相。」

我和白素齊聲道：「請！」

黃蟬道：「有關喇嘛教的傳言是，才去世的二活佛是假的。」

白素沉聲道：「我也聽說了。」

才去世的二活佛是假的，這件事，我和白素早已深信不疑，但若白素此時只說「聽說」，那是為了掩飾我們所知的真相，不讓黃蟬在我們的話中，套出話來。

黃蟬又道：「又有傳言，說真的二活佛的轉世，已經降世了。」

白素又道：「我也聽說了。」

黃蟬續道：「假設兩項傳言都屬實，那麼，那轉世二活佛，必然想得到那三件法物。」

這次由我來表示態度：「可以這樣說。」

黃蟬再繼續：「而衛七是早年得到了那三件法物的人，他是怎麼得到這三件法物的，你我都清楚——他身負這三件法物重歸喇嘛教的重任！」

我和白素沒有說什麼，只是點了點頭。

黃蟬吸了一口氣：「多年之前，他把法物沉於河底，以為無人能找得到，卻不料法物又重見天日，他自然有理由要把法物取回來。」

我悶哼一聲：「太有理由了。」

黃蟬明知我還有話要說，所以她並不立即開口。我立即道：「一個人有理由要去做一件事，絕不等於這件事就是他做的！」

黃蟬作一個同意的神情：「一切都只是假設。」

我強調：「我只同意衛七有理由去盜法物。」

黃蟬自顧自地說着：「基於以上的假設，法物得手之後，他下一步會怎麼做？」

我心中又是一凜，覺得黃蟬的每一個假設，都是一個圈套，漸漸地要把我們心中的秘密全都套出來。所以一時之間，我沒有立刻出聲。

白素發出了一下冷笑，一副接受挑戰，不怕跌入圈套的神情，她道：「他會把三件法物，交回喇嘛教！」

黃蟬道：「白姐說得是——他會交到什麼人的手中？」

白素道：「什麼人交給他，他就交還給什麼人！」

黃蟬疾聲：「交給他的人，要是已不在世了呢？」

白素冷然：「那他就應該會把法物交還給大活佛——這法物關係着喇嘛教的興衰，而大活佛正負此重任。」

黃蟬略頓了一頓，她當然是在努力想把話題轉到轉世二活佛的身上，但白素卻十分巧妙地規避着，對黃蟬的問題，見招拆招，防守得滴水不透，叫黃蟬攻不進去。

黃蟬停了一會：「那是可能之一，但法物是屬於二活佛所有——」

她說到這裏，故意頓了一頓。

我明白她的用意了，她是想說，另一個可能是，盜寶人會把法物送到轉世二活佛手中！若我們同意了她的說法，那麼話題便自然而然，轉到轉世二活佛的身上去，黃蟬就達到了把我們引進圈套的目的了！

黃蟬的設計，雖然精心之至，但是要在我和白素面前得逞，也沒有那麼容易！

我突然鼓掌高呼：「太妙了！法物到了大活佛手中，由大活佛憑藉法物，確定二活佛，舉世莫不公認，別人也就無法再確立假活佛了！」

我這一下轉移目標，混淆視聽，果然奏效，令黃蟬感到迷惑。

白素當然更是和我配合得天衣無縫，她向我使了一個眼色，又在暗中向我擺了擺手——這些動作，都是做給黃蟬看的，看起來，像是要阻止我的話，但可以起到使黃蟬相信我話的作用。

我也假裝自覺失言，忙道：「這不過是我的估計。」

黃蟬神色凝重，來回踱了幾步，她自然是在思索我所說的這種情況，是不是會出現。

我和白素壓低了聲音交談，把話題更引向我剛才的「設想」。

我道：「這一下子，喇嘛教的大活佛和二活佛一起出現，教徒心目中的太陽和月亮一起出現，喇嘛教必然大大興旺了！」

白素道：「是啊，教中如果有這樣的好消息，那是任何人，任何力量都封鎖不住的。」

我搓着手：「壓抑已久的教眾，就此會有前仆後繼的反抗行動！這——」

我說到這裏，黃蟬忽然笑容滿面：「兩位只怕要白興奮了，這種情形，不會出現。」

白素也笑：「本來，只是我們的假設。」

黃蟬卻道：「我的意思是，三件法物，不會被送到大活佛那裏去！」

我呆了一呆：「那會到何處去？」

黃蟬且不說答案，只是道：「那三件法物，究竟在確認身分之中，如何起作用，我不知道，兩位不知道，大活佛也未必知道。」

白素揚眉：「那誰知道呢？」

黃蟬回答肯定：「二活佛，只有轉世的二活佛知道，所以法物會送到他那裏去！」

我和白素互望了一眼，又是吃驚，又是佩服。因為她對我們的誤導，竟很快地不為所動。

不過，她似乎並沒有識穿我們是在故意誤導她，她反而向我們解釋：「大活佛和二活佛之間，一向有極深的芥蒂，這是他們教中的紛爭，有極深的歷史和宗教淵源，不易化解。」

我試探着問：「或許在強敵當前，或是生死存亡的關頭，他們會團結一致。」

黃蟬搖頭：「不會。」

我和白素齊聲道：「何以如此肯定？」

黃蟬皺着眉：「在和大活佛接觸的人之中，不可能有轉世的二活佛在，而大活佛和二活佛之間，如果要團結一致，那非由他們兩個親自會商不可，不能由手下的蝦兵蟹將代作安排！」

聽黃蟬講到這裏，我和白素，都不免悚然而驚，因為這番話，證明黃蟬那一方面，對大活佛的監視，嚴密到了極點！

雖說大活佛是一個國際知名的人物，對他的活動，進行監視，會令得國際輿論，群起譴責，但如果監視是在暗中進行，世人也就被蒙在鼓裏了！

以現代科技來暗中進行對一個人的嚴密監視，可以到達什麼程度，實在令人難以想像。用戈壁沙漠或是郭大偵探的話來說：「要知道一個人二十四小時內心跳速度的變化，也不是難事！」

黃蟬方面，要是存心對大活佛進行嚴密的監視，可以動用到人造衛星追蹤——只要有辦法把一具微型信號發射儀，放在大活佛的身邊，就可以做到這一點了，大活佛的身邊有那麼多人，誰能說其中沒有被收買了的？

我和白素感到吃驚的是，不久之前，白素曾把大活佛帶到我這裏來過，若是大活佛的行蹤，他們全知道，那麼，這次秘密會面，也就不是秘密了！

白素淡淡地道：「是啊，我們可以想像，你們對大活佛的監視，是如何嚴密，可是別忘了，他們是活佛，另具神通，你有沒有聽說過『神會』這回事？」

黃蟬深深吸了一口氣：「基本上，我們並不相信這種事，甚至，我們不相信什麼活佛轉世，認為那是喇嘛騙人的鬼話！」

我緩緩搖頭，感到「可惜」：「你們的原則，可以不信，但是你從事具體的對付喇嘛教的工作，應該相信。」

黃蟬笑了起來，她的笑容，清淡而飄逸，可是她柔聲所說的話，卻很令人吃驚。

她道：「我本人也寧願相信科學，科學的證據是，不久之前，大活佛到過這個城市──我的推測是，他和你們會過面！」

我「哈哈」一笑，不作承認，也不否認。白素卻道：「真是好嚴密的跟蹤，不錯，大活佛想找衛七，想要那三件法物，所以才和我們見面的！」

我乍一聽得白素承認了這一點，不免震動。但我隨即明白了，白素是因利趁便，再繼續誤導黃蟬，盡力把目標自轉世二活佛的身上移開去！

理由很簡單，他們要對付大活佛，有各種各樣的顧忌，但要對付一個還不為人所知的二活佛，就容易得多了，所以，可能令二活佛處境危險。

黃蟬對白素坦白承認和大活佛會過面，也感到有點意外，一時之間，她竟不知如何再進一步才好，白素卻「趁勝追擊」：「上億英鎊的賞格，令得全世界的『尋找者』都為之心動，這不但包括了巨大的金錢利益，而且若是成功了，還意味着『天下第一』的名銜，但是仍未能使七叔出現，可知我們也無能為力了！」

白素在話中，提及了「尋找者」這個名詞——那是一些專業從事尋找別人的人，其中有什麼事也不幹，只是專責找人，還有的是出色的偵探，像我們熟悉的小郭，這種人大都神通廣大，各具奇謀。

上次，在巨額賞格出現之後，數以千計的「尋找者」在全世界各地活動，而且，還有喇嘛教的教眾，以及強權政治屬下的各級特務系統。可以說，自從盤古開天闢地以來，從來也未曾有那麼多人，動員起來去尋找一個人！

但是，衛七先生仍然不知所終。

我和白素，也盡了一切可能想得到他的音信，也同樣沒有結果。

所以，我的結論是：七叔早已死了，他人既然不在了，自然也找不到他了。至於他死了之後，骸骨何處，那就不可能知道了，或許在大沙漠之中，或許在大海之底，或許在雪山的千年積雪之下，誰能找得到！

可是如今，看黃蟬帶來的錄影帶和電腦分析，七叔竟也有可能仍在人世！

老實說，我比世上任何人，都渴望能見到他，因為他是我的親人！

我把這一點心意，向黃蟬說了出來，並且加以說明：「我已盡了力，除非他自己出面來見我，不然，我真是無能為力！」

黃蟬的聲音平淡：「我也不是希望能一下子把他找出來，只是想通過兩位的幫助，至少，推測一下，他得了法物之後的動向。」

白素揚了揚眉：「我們剛才分析過了，他會去找大活佛，我還想，大活佛會把法物重歸喇嘛教這件事，向全世界公布。」

聽了白素的話，黃蟬的俏臉煞白，而且，自然而然把一雙手按在心口，她這種情形，雖然表示了「大禍臨頭」，但神態之動人，無以復加。

過了好一會，她才道：「到了這時候，那就是我和秋英的死期到了。」

我和白素互望了一眼，還沒有說什麼，就聽得黃蟬以極低的語聲道：「秋英根本不知道什麼是死亡，而我……實在不想死，不願死！」

黃蟬的這種態度，大大地出乎我們的意料之外，我並無意去諷刺她，但還是忍不住道：「我以為像你們這類人，是視死如歸的。」

黃蟬苦笑了一下——這時，她現出的是一種真正苦澀無比的神情。

她微微抬起了頭，一字一頓地道：「我根本沒有做過一天人，我的意思是，我沒有為自己活過一天，就這樣死了，那算是什麼樣的一生？」

她說着，望向我們，神情是一副想得到這個問題的答案。我和白素呆了半晌，說不出話來，因為忽然之間，她這樣特殊身分的人，在可以說和她處於敵對地位的人面前，作了這樣思想上的剖白，這確然太不可思議，而且，也太出於我們的意料之外了。

過了好一會，我才只能空泛地安慰她：「事情不至於那麼嚴重吧！」

黃蟬轉過身去：「上頭認定了不是我，就是秋英，出賣了秘密，導致法物失竊，追究責任，根據寧可殺錯，不可放過的原則，我和秋英，都要被處死，除非能在限期之前，把法物追回來。」

白素問了一句：「限期是——」

黃蟬翻起手腕，看了看手腕上的表：「限期是一個月，尚餘二十七天十六小時四十一分。」

我和白素互望了一眼，我們兩人是同樣的心思：「要在限期之內，找回失物，希望太渺茫了，你可以考慮真的背叛組織。」

在黃蟬陡然震動時，我補充了一句：「正好趁此機會，找回你自己，過屬於你自己的生活，為你自己繼續活下去，才不負了一生！」

剎那之間，黃蟬整個人，像是遭到了電殛一樣，僵凝不動，猶如一尊雕像——如果那真是一尊雕像，那我毫無疑問會題名「震慄」。

我和白素也都知道，這個提議會給她造成極大的震撼，在她還沒有反應過來時，我又沉聲道：「不是沒有成功的例子。」

黃蟬緩緩地點了點頭，在她的額角和鼻尖上，竟然滲出了細小的汗珠來，由此可知她心中的震動，是何等之甚。她連吸了幾口氣，才勻了氣息，道：「在我想來，把三件法物追回來，應該是容易得多。」

我苦笑了一下——不能說黃蟬的話不對，因為情形可以作如此的理解。

雖然我剛才指出「有成功的例子」，但那過程之艱難，叫人想起來都心中發毛。而且，其間動用的力量，都是地球之外的宇宙間的力量。當中最幸運的要算是水紅，這個可愛的小滑頭，是抓緊了千載難逢的機會，因利趁便，擺脫了「人形工具」地位。

以黃蟬現在的情形，就算她下定決心，我也想不出有什麼辦法可以令她「脱籍」！

（我用了「脱籍」這個詞，有點擬於不倫，但卻是很好很生動很容易令人明白的一種説法。）

相形之下，確然是找出三件法物，證明清白，要容易得多了！

白素的反應，卻和我相反，她道：「雖然找三件法物，看來像是容易，但是那是長痛，痛完了之後，仍然沒有自己，很不划算。」

她竟將這樣有關生死的大事，用划不划算這種説法來説明，很具黑色喜劇的效果。

剎那之間，黃蟬再度呆若木雞——我相信，我和白素的心思都一樣，由於黃蟬的外形，如此動人，所以我們都有同一想法：在盡可能的範圍內，我們都會幫助她。

這一次，黃蟬發呆的時間更久，約有兩分鐘之久，在這兩分鐘之內，我相信她天人交戰，不知道想過了多少的問題。

而在她最後顯示出來的神情上，也可以看出，她未能有所決定。

她輕輕地嘆了一口氣，雙眼之中，充滿了感激而又抱歉的神情，表示未能接納我們的提議。

我和白素都沒有什麼特別的反應——這本來就不是立刻可以決定的事，而且，就算她有了決定，我們也不知如何着手去幫她。

黃蟬為她自己找了一個藉口：「不單是我，還有秋英——她簡直是我的影子，或者可以說，和我是二位一體，所以我的行動，不能由我單一決定。」

我們只是各自作了一個表示可以理解的神情。

然而，忽然之間，黃蟬又進入了她的「任務狀態」，她竟直截了當地道：「你們知道轉世二活佛的下落——」

她說了這樣的石破天驚的一句話之後，故意頓了一頓，約有兩秒鐘，我和白素還處於被她這種「單刀直入」式的攻擊，而還沒有確定該如何反應之前，她就已經繼續：「能不能告訴我他的下落？」

黃蟬的這種掩飾在她柔軟動聽的聲調之後的那種攻擊，力量之大，出乎想像之外。而我和白素的第一反應，奇特之極，但是卻不約而同！

我們兩人，一齊嘆了一口氣！

我們之所以嘆氣，是嘆我們自己，不論如何警惕，如何提醒自己，但終究還是不免被黃蟬秀麗動人的外形所迷惑，以至表示願意向她提供真誠的幫助！

而她就利用了這一點，向我們進逼，以達到她的目的。

在她的這種方式的進逼之下，我們大可以否認，說是根本不知道二活佛的一切。但如果這樣否認的話，那未免太拙劣了！

這樣的拙劣，比起黃蟬的高明，相差太遠，依然會導致我們敗在她的手下。

所以，一定過神來，我就決定，我們不能否認——在我有了這樣決定的同時，我從白素的眼神之中，得到了信息，知道她和我心意一致。

所以我略昂起了頭：「當然不能告訴你，半點消息也不能透露，絕不能！」

我的這個回答，看來也出乎黃蟬的意料之外，她以為我一定否認，然後在她的逐步逼問之下，才不得已承認。所以她一定早已計劃好了一整套的逼問方法。

可是我卻一上來就絕不否認，讓她準備好的一切，都用不上，原來的步驟亂了套，所以，輪到她不知如何才好了。

我當然不會錯過這一瞬間的機會，我冷冷地道：「你們想對付已轉世的二活佛，我和白素，會當幫兇嗎？」

第七部

出事了

白素立即聲音嘹亮：「當然不會，絕無可能。」

黃蟬過了半分鐘，才緩過氣來，柔聲道：「我以為兩位說過要幫我，是真的會幫我。」

她用到了這樣的言語來刺激我們，那麼，這場勾心鬥角的「戰鬥」，可以說已結束了。

白素悠然道：「當然我們願意幫你，但自然也必然有個限度，是不是？」

黃蟬自然知道，無限度的幫助是不可能的，所以她再也難以為繼了！

黃蟬現出很難過的神情——這種神情是如此之真摯，因此很難相信那是偽裝出來的。事實是，在過了相當時日之後，我們討論過，也未能確定那時，黃蟬是真的感到難過，還是那只是裝出來的。

而當時，當她現出這種神情來的時候，確然令人心中惻然，感到很是同情。

然而，出賣二活佛的事，是在任何情形下都不能做的，所以我和白素，都勉力令自己理智，我們的神情，看來甚至是冷漠的。

黃蟬的語調，聽來也無奈之至，她道：「我為自己的生存，而必須做一些事，想必能得到兩位精神上的支持？」

我和白素，都知道她進一步想説什麼，可是還是自然而然地點着頭。

黃蟬道：「我沒有別的線索，只有在兩位這裏，才能得到找尋二活佛的線索。」

白素揚眉：「我以為你只是要找那三件法物。」

黃蟬道：「那三件法物，必然是由盜寶人，送到二活佛那裏去了，所以，只要知道二活佛的下落，就必然可以找回法物來。」

我冷冷地道：「同時，也可以解決二活佛，一勞永逸，真是痛快。」

黃蟬抿着嘴，不再説什麼，我和白素，不約而同，作了一個「請」的手勢，意思是，你來這裏的任務，已然告終，可以離去了。

黃蟬現出很無奈的神情，幽幽嘆了一聲，向外走去，我們跟着她下了樓梯，她一直走向門口，才問：「令嬡把秋英帶到哪裏去了？」

秋英跟着紅綾離去，已有好一會了，由於我們和黃蟬之間的對話，需要全心全力應付，所以並未留意到這一點。這時黃蟬問起，我們也不在意。

我只是順口道：「大概就在附近，很快會回來的。」

白素也笑道：「不妨閒話家常，等她們回來。」

黃蟬在門口的空地上徘徊，並不進屋子，又嘆了幾聲：「我哪有心情說什麼家常。」

白素一揚眉：「那就說你的事，我再一次聲明：在我們這裏，你不可能得到任何消息。」

黃蟬的反應很平靜，她微抬着頭，望着遠處的藍天白雲，也不知她在打什麼主意。

忽然，她向天上一指：「她們就快回來了！」

她的言和行，相當古怪，因為她是向着天上這樣說的，看起來倒像是紅綾和秋英即將從天而降一樣。

我和白素，自然而然，也抬頭望向天際，一望之下，就明白黃蟬何以會有這樣的言行了。

因為在高空中，這時，正有一頭鷹，在以極高的速度，俯衝而下——事實上，才一入眼之際，那不過是拳頭大小，急速移動的一個黑色物體，並看不清那是什麼。但我們立刻知道，那是那頭鷹，紅綾的那頭鷹！

轉眼之間，那鷹自上千公尺的高空，衝到了離地不到一百公尺處，已經完全可以看清那確然是這頭鷹了！

這時，我和白素的心頭，陡然一凜，不由自主，發出了「啊」地一下低呼聲——那鷹是和紅綾、秋英一起出去的——如今牠獨自這樣急地飛回來，不問可知，一定是有什麼意外了！

雖然我對紅綾應變的能力，極具信心，但是見那鷹來得如此之急，也不免驚心。

就在我一聲低呼間，那鷹帶起一股勁風，已直撲了下來，牠下衝之勢，急驟無比，本來，牠早就應該展開雙翼，以緩減下衝之勢了，可是，牠由於想早些到達，所以，直到離地只有七八公尺時，才陡然展開雙翼，來勢可稱猛惡之極！

待到牠撲在地上，我和白素急迎上去時，牠已經站好了身子，鐵喙伸出，一下子就叨住了我的褲腳，拖着我向前去。

想不到那鷹的力道極大，出其不意一拖之下，我幾乎仆跌向前，牠拖了我一下，立時鬆嘴，又騰空飛了起來，飛得不高，只在我面前盤旋。

我和白素失聲叫：「出事了，牠要帶我們到出事的地點去！」

那鷹本來是天工大王的愛禽，本就極其通靈，經過紅綾的外婆，不知用什麼方法「改造」了之後，我相信牠和紅綾之間，已經可以作很高程度的溝通，但是和我們之間，卻還不能。

這時，我和白素失聲驚呼，那鷹又疾落了下來，居然就在我們面前，點了點頭，老氣橫秋之至。

我第一個反應，是立即向黃蟬望去，而且目光之中，已充滿了敵意。

紅綾帶着秋英外出，秋英是黃蟬帶來的，現在出了事，雖然出的是什麼事還不知道，但事情和黃蟬有關的可能性不是太大了麼？

黃蟬也立即明白我在懷疑什麼，她雙手高舉：「我要是知道什麼，不得好死！」

她在百忙之中，發了這樣的一個毒誓，自然不見得有什麼說服力，而一向遇事鎮定的白素，由於事情和紅綾有關，她也大是緊張，頓足道：「還說什麼廢話，快跟去看看，發生了什麼事！」

白素這樣說，那是說她，也大有懷疑黃蟬之意了，黃蟬的俏臉之上，現出了一臉的委曲，但這時，鷹已向前飛去，我和白素，一起展開身形，追了上去。

鷹向後出飛去，不一會，我們所經之處，灌木叢生，根本沒有了路徑。這時，才現出黃蟬的武術根柢之深，她一直跟在我們兩人身後，伏高竄低，迅速無比，臉不紅，氣不喘，而且目光炯炯，一直注視着那頭鷹。

待到穿出了一片林子，白素眼光，一下子就看出，對面山崖之上，有一條人影，正在上下飛竄，捷如猿猴，那不是紅綾是誰？

一看到紅綾在山崖上到處亂竄，雖然看來十分驚險，但我們都知道，這種築路開出來的山崖，固然陡峭，卻絕難不倒我們的女兒，所以一起放下心來。

這時，只聽得黃蟬冷冷地道：「出事的不是令嬡，是秋英！」

一聽得黃蟬那樣說，我立時和白素互望了一眼，心中都覺得，事情很是不妙，可能是黃蟬的另一個圈套，可是究竟不妙到什麼程度，一時之間，卻還說不上來。

我向着山崖，發出了一聲長嘯，其時，那鷹也向山崖上飛過去，紅綾立時發現了我們，她站在一株打橫生出的松樹上，向我們做手勢，示意我們也上山去。

白素一揮手，率先向前穿出，我和黃蟬，緊跟其後。白素一上了山崖就提氣問：「孩子，什麼事？」

紅綾的回答聲傳來：「一個人把秋英搶走了！」

我們三個人都不由自主，發出了一下表示怪異的聲音。那當然是因為雖然我們明知有事發生，但是也絕想不到，會發生了那樣的事。

照黃蟬所說，秋英是一個與世隔絕的人，怎麼會有人把她搶走了呢？

我在電光石火之間，又想到的是，秋英也必然受過嚴格的武術訓練，就算她沒有武功，紅綾和那頭鷹，又豈是容易對付的，如何容得什麼人把秋英搶走？可知事情一定是古怪之至！

我一面想，一面仍在飛躍向前，白素一直在我的前面，而黃蟬也一直在我的身邊，上了山崖之後，才知道那雖然是人工開出來的，但卻極難攀緣，一來，它直上直下，二來，沒有什麼生長多年的大樹，可供落腳。

我看到，紅綾站在那株樹上，除了向我們揮了揮手，叫了一聲之後，一直盯着山崖在看——她盯視的方向，並沒有什麼特別之處，只是有着一株極大的樹，旁邊還有一道溝，想是下雨之際，雨水沖刷出來的，那道溝，直通向山崖高處。

看到我們快到了近前，紅綾突然發出了一下古怪之極的聲音，而且，她的這下聲音，還立時有了回音，起自天上，是一下嘹亮的鷹鳴。

紅綾伸手向上一指，叫：「一起上去追！」

說着，她已飛身而起，撲向那道山澗，山澗上有不少石塊，並無流水，隨着她的上竄，碎石紛紛落下，這就給我們向上去，造成了一定的障礙。

但是，既然喜馬拉雅山麓的冰川，也未能阻我前進，何況是小小的山澗。

不一會，我就追上了白素，和她並肩向上去。

我們交換了一下眼色，心意都一樣，一點也不知道，究竟發生了什麼事。

紅綾的去勢極快，轉眼之間，眼看她穿過了一大片林木，已快到山頂了，山頂上有公路，視線被林木所遮，看不到她的動作，可是卻聽到她正在發出十分憤怒的吼叫聲，還有一些人的驚叫聲。

我知道，紅綾雖已不是野人，可是她要是發作起來，也很能令人把她當作怪物，所以一提氣，疾竄了上去，只見山頂的路上，有兩輛車，碰撞在一起，紅綾正自一架車的車頂，跳到另一輛車頂上，來回地跳着，不但發出砰然巨響，而且被她跳過之處，車頂現出不少凹痕來。

另外有幾個男女，可能原來是在車中的，這時都離開了車子，嚇得目瞪口呆，一個胖女人，則在不斷地發出尖叫聲。

一看到這種情形，我又好氣又好笑，立時喝道：「紅綾，快下來！」

紅綾飛撲而下，在我身前站定。

白素和黃蟬，這時已走向前去，安撫那幾個自車上被紅綾嚇出來的人——天下事，由她們兩人出面，只怕沒有不能成功的。

紅綾也不理自己闖了什麼禍，一把抓住我的手，大聲道：「爸，那人真好身手，原來秋英也會武功，而且輕功絕佳，可是也敵不過那人！」

這時，白素和黃蟬已處理好了紛亂，白素轉過頭來道：「慢慢說，從頭說……」

黃蟬卻顯得十分焦急：「秋英給什麼人帶走了？」

紅綾先回答黃蟬的問題，她向自己的臉上指了一指：「一個蒙面人……」

她才說了一句，就向我望了過來，神情十分遲疑，我大是奇訝：「那蒙面人怎麼了？」

紅綾吸了一口氣：「他突然出現——從樹上跳下來，我還以為是爸來了。」

我怔了一怔，輕聲道：「這話不通，既然是蒙面人，你怎認得出誰是誰來？」

紅綾也知道自己的話不是很合理，她側頭想了一想，但還是道：「我也不知道為什麼，一看到他自樹上躍下來，就把他當作了是爸，而且……而且……」

她說到這裏，竟大是不好意思：「而且……我還很高興地叫了他一聲！」

當其時也，紅綾和秋英，正在一個斜斜的山坡上嬉戲，紅綾已經發現秋英的輕功極好，她們在逗鷹玩，每當那鷹騰空而起時，秋英便拔身而起，每一次，都姿態優美，輕若無物，拔起老高，看得紅綾大聲叫好。

紅綾並且連連發問：「你這身功夫，是哪裏學的？」

但是秋英根本聽不見，自然也沒有回答。

在紅綾的詢問聲中，秋英身子拔起，竟一下子伸手抓住了鷹腿，那鷹展翅，把她的人帶高了好幾公尺，紅綾是自己野慣了的人，也不知凶險，反倒大是高興，大聲喝彩起來。

而就在她的喝彩聲之中，秋英手上鬆開，身子向下，直跌了下來。

那時，秋英離地，足有七八公尺高，而且山坡上，全是嶙峋的石塊，紅綾這才着急，身形一晃，就向前掠出——以她的身手而論，要把纖弱瘦小的秋英，自半空中接住，絕非難事。

但是，也就在此際，只見斜坡上的一株樹上，陡然飛起一條人影，快疾無比，紅綾只覺眼前一花，一條極其熟悉的人影，已墮在她的身前。

紅綾一面收住勢子，一面自然而然，脫口便叫：「爸，你——」

那人現身，阻在紅綾的面前，顯然是不讓紅綾去接應自半空中跌下來的秋英，所以紅綾才有責問之意。她只是在第一眼，誤以為那是我，隨即發現了，那不是我，是一個看來極其詭異的蒙面人！

這時的情形是，秋英仍在半空之中，並未落地，紅綾還趕着要去把她接住，而那蒙面人又阻住了去路，試想，一個人在半空之中跌下來，能在空中停留多久？所以時機緊急之極，紅綾連喝一聲「讓開」的時間都沒有，「呼」地一拳，便向那蒙面人打去。

紅綾的用意是，一拳先把那蒙面人打了開去，自己搶向前去救人再說。

那蒙面人剛才從樹上飛掠而下時，身手極好，紅綾也估量他一定可以避開這一拳的，所以隨着那一拳打出，她人也向前衝去！

怎知那蒙面人竟然不退不避，也不還手，紅綾拳出如風，「蓬」地一聲，正打在那蒙面人的胸口，卻如中敗絮，那蒙面人的身子，也沒有晃動。

紅綾的這一拳，目的只是在把對方逼開，本來就沒有用什麼力，一拳被對方不動聲色硬接了下來，也不算是什麼。

可是她出拳之際，人已在向前衝，這一衝，卻是準備去救人的，是蓄足了勢子的，一拳未將那人逼退，前衝的勢子再也收不住，又是「蓬」地一下聲響，直撞在那蒙面人的身上！

當紅綾說到這裏的時候，我和白素互望了一眼。我們心中所想的一樣：紅綾這一撞，力道該有多大，只怕一頭蠻牛的衝撞之力，也不過如此而已。

所以，我們很注意這一撞之下，結果如何。

紅綾說到這裏時，也大有猶豫之色。

原來她一下子撞了上去，那蒙面人仍然紋絲不動，而她卻像是撞到了一根鐵柱一般。

紅綾的身子極是壯實，她一撞，沒能撞動對方，雖然如同撞中了鐵柱，但是也決計損傷不了她。只是她自己也知道這一撞力道極大，對方竟能硬頂了下來，這是她以前未有過的經驗，令得她大是奇訝。

然而，更令她驚訝的事，接着又發生在她的眼前，只見那自半空中跌下來，令她要去急救的秋英，在快要落地時，陡然一個翻身，身形美妙如飛禽，已經輕輕巧巧，落下地來。

同時，那蒙面人也向着紅綾道：「娃子，心地很好！」

由於紅綾一開始，說到有一個蒙面人突然出現之際，我就想到，那蒙面人，大有可能，就是錄影帶上看到的那個盜寶者，所以我對紅綾的敍述，極其留意。

這時聽到紅綾講到那蒙面人開了口，我更是緊張，忙道：「孩子，你記清楚，他是怎麼說的，一個字也不能改，照他說的說！」

紅綾立時道：「他是這樣說的啊！娃子，心地很好！」

我吸了一口氣，沒有再說什麼，揮了揮手，示意紅綾再說下去。

在一旁的黃蟬，本來神情緊張之至，但一聽到這裏，我看到她明顯地平靜了下來。

顯然是，在那一剎間，她想到的一些事，和我所想到的一樣。

我要紅綾把當時那蒙面人所說的話，每一個字都複述出來的原因是，聽一個人的說話，對於判別這個人的身分，起相當重要的作用。什麼人說什麼樣的話，是自小養成的習慣，就算刻意改變，也會在不經意之間，流露出來。

紅綾做得很好，她不但複述了那蒙面人的話，而且把他說話的腔調，口音也學了來。

我一聽之下，心頭更是大受震動──「娃子」是我家鄉的土話，對小孩子的稱呼，而紅綾所學出來的，更是我家鄉的土腔！

黃蟬曾說，那盜寶的蒙面人，有可能是我的七叔，現在似乎又多了一項證明了。

我一面心念電轉，一面示意紅綾再說下去。紅綾遲疑了一下：「爸，你認識這個人？」

我搖了搖頭：「暫時不能確定，你且說下去！」

紅綾一看到秋英翩然落地，就放下了心，百忙之中，她還喝了一聲彩：「好身手！」

就在她喝彩時，那蒙面人已轉過身，向着秋英。紅綾為人沒有心機，她急着要去誇獎秋英的身法美妙，就向前走去。

怎知她才跨出一步，那蒙面人陡然反手一掌，向她當胸拍去。

紅綾立時收住了腳步，一拳打出，打向對方的掌心。怎知陡然之間，那蒙面人手掌放慢，變得眼前掌影亂搖，根本看不準何者是虛，何者是實。

紅綾吃了一驚，一時之間，不知如何應付才好，就向後急退了一步。

我和白素，一聽紅綾說到這裏，便一起發出了一下低呼聲——我們知道，女兒要吃虧了！

紅綾的本領，九成來自她當野人的時候，跟着靈猴訓練出來的體質。她蠻力十足，白老大也曾指點了她一些武學招式，但都是淺近功夫，雖然經她使來，也大具威力，但是比起高深的、變幻莫測的武功，自然相形見絀了！

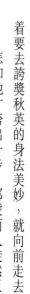

這時，她一說到忽然之間，眼前掌影亂晃，我和白素自然知道，她遇上了武學高手，那是非吃虧不可的了！

幸而聽她一路說來，那蒙面人對她，似乎並沒有太大的惡意，還誇獎她心地好，所以雖然知道不妙，也不是太擔心——事實上，紅綾說的時候，好端端地在我們身前，明知她有驚無險，但是父母關心情切，虛吃一驚，那是難免之事。

果然，紅綾才一後退，掌影之中，一掌已直欺到了她的胸口。紅綾應變也快，立時揚手去格，卻不料那一掌，乃是虛招，手掌一翻，攻的是她的肩頭。

這一下，紅綾再也避不開去，「砰」地一聲，一掌擊個正着。

這一掌的氣力好大，紅綾皮粗肉厚，倒並不覺得怎麼疼痛，可是一股大力，卻將她撞得連退出了四五步去。這對於紅綾來說，是前所未有之事，她不禁哇呀大叫，卻又由衷地叫：「好大的氣力，好掌法！」

那蒙面人一掌擊中了紅綾，借力向前竄出，已到了秋英的身前。

紅綾這時看出去，只見秋英睜大了眼，望着蒙面人，全然不知發生了什麼事，那蒙面人直欺到秋英的身前，一下子遮住了紅綾的視線。

紅綾看過去，像是看到那蒙面人，取出了不知什麼東西來，向秋英照了一照，接着，他又向前極快地竄出，而秋英竟如影附形，緊跟在他的身後，也向前掠出！

紅綾一見這等情形，便大是着急。

第八部

神鷹

一時之間，她也忘記了秋英根本聽不見，大叫道：「喂，你到哪裏去？」

她一面叫，一面向前追去，可是她和兩人之間，有一段距離，追到了山崖腳下，只見那頭鷹也向兩人追出，可是蒙面人一揚手，銀光一閃，射向那鷹，那鷹在空中一個翻飛，雖未被射中，但竟如知道厲害，不敢再追，向紅綾飛了過來。

紅綾一見，更是大奇，向鷹叫道：「快回去告訴爸媽，出事了！」

那鷹和紅綾之間，已有奇妙的溝通能力，立時展翅飛了回來。

紅綾不停說着，黃蟬幾次想插口，都未能如願，直到這時，她才叫：「等一等，我有點不明白！」

紅綾被打斷了話頭，有點不願意，我忙道：「事情很嚴重，說清楚一點好！」

紅綾這才向黃蟬望去，黃蟬道：「那蒙面人給秋英看了一樣東西？」

紅綾很認真：「他的身子遮住了秋英，我看不清楚，像是那樣，也像是向秋英，作了一個什麼手勢。」

黃蟬眉心打結，神情疑惑之至——這種神情，絕不是假裝出來的，而她疑惑的，也絕不是紅綾所說的話是否真實，而是紅綾所說的一切，在她來說，簡直是不可能發生的事，宛若太陽從西方升起一般。

她遲疑地問：「看起來，秋英是自願跟着他走，而不是被他帶走的。」

紅綾回答得更認真：「秋英是經過了他的一些動作之後，跟他走的！」

那蒙面人和秋英的去勢好快，紅綾一面大聲呼喝，一面飛身追上去，以她的行動之快，可是卻也愈追愈遠，眼看着兩人在山崖之中亂竄，忽然一下子，就失去了他們的蹤影。

紅綾在山崖上，到處亂找，一點結果也沒有，而就在這時，我們也趕到了。

聽紅綾説完經過，我深深吸了一口氣，望着蜿蜒下山的公路，心想，那蒙面人帶着秋英，一上了公路，要是有適當的交通工具，這上下不知道已離去多遠了！

白素看來很鎮定，她望着黃蟬：「你不是有對秋英的『遙控器』嗎？應該至少可以知道她現在離我們多遠，在什麼方位？」

白素故意把向秋英輸送信號的那個儀器，稱之為「遙控器」，當然是對這種情形，表示不滿。而紅綾一聽之下，卻驚訝莫名：「什麼遙控器，難道秋英是一個機器人？」

白素道：「不是，她是真人，可是卻被當作機器人一樣看待——而且，認定她是一個快樂的機器人！」

黃蟬像是未曾料到，白素會有如此強烈的反應，她支吾了一下：「我早已發出信號，請她來我面前，可是……可是她像是已離開了信號能接收的距離。」

我忙問：「有效距離是——」

黃蟬吸了一口氣：「一千公尺。」

我苦笑了一下，秋英已在一千公尺之外，那可能是任何所在，再也追不上她了！

紅綾不明白秋英的情形，所以她對我們的話，也不是十分了解，一臉的疑惑，同時，我看到黃蟬望向紅綾的神情，也疑惑之極。

白素在這時候，沉着聲，一字一頓地道：「黃姑娘，我女兒，可能什麼事都幹得出來，但是她卻不懂得什麼是説謊！」

我已算是「知覺麻木」的了，因為我絕不會想到不相信紅綾的話，所以就以為別人也是如此。這時，經白素一提出，我才知道黃蟬竟然在懷疑紅綾説話的真實性！

我對黃蟬本來就有些不滿，這時更是氣往上沖，重重地「哼」了一聲：「不信她，世上無人可信！」

黃蟬在剎那之間，俏臉之上，神情變化萬千，最後，她一頓足，轉過身，向前疾走出幾步，抱住了一棵大樹，身子顫抖不已。

白素向我和紅綾，作了一個手勢，示意我們別跟着她，她來到了黃蟬的身後，柔聲道：「是不是不見了秋英，事情很糟？」

黃蟬深深吸了一口氣，抬頭向天，她緊抿着嘴，不説話，可是兩行眼淚，已奪眶而出。

白素又問：「會糟到什麼程度？」

黃蟬苦笑了一下：「說有多糟就多糟——至少，會認為我放走了秋英，繼續欺瞞組織。」

這時，紅綾向上一招手，那鷹飛了下來，停在紅綾的手臂上。我隨口說道：「孩子，當時，你不該叫鷹來通知我們，應該叫牠去追人！」

鷹的目光銳利，那鷹又通靈無比，當時若是由鷹去追人，一定可能有把握知道蒙面人把秋英帶到何處去的。

我這樣說，自然並沒有責怪紅綾之意，紅綾也絕不會見怪。

倒是那鷹，一聽得我如此說，立時發出了三下古怪的聲音。紅綾聞聲大喜，在鷹的頭上，輕輕拍了一下，嗔道：「你怎麼不早說！」

這種情形，看在不明就裏的人眼中，簡直就是神話。但我明白鷹和紅綾之間的關係，所以忙問：「牠說了些什麼？」

紅綾道：「牠說，牠在飛回家的時候，在空中看到他們離去的方向。」

我不禁嘆了一聲——光是知道離去的方向，用處不大。可是黃蟬卻用力一搖頭，甩掉了淚水，疾聲道：「有方向，跟蹤就容易。」

黃蟬這樣說的原因，我倒可以理解，想必是她的「遙控器」，能在一千公尺或是更遠的距離，偵知秋英的去向之故。

紅綾立時向鷹作了一個手勢，那鷹騰空而起。我們這時，是在半山腰的公路上，照說，蒙面人帶着秋英離去，方向不是上山的路向，就是下山的路向，可是那鷹飛到了半空之後，一聲長鳴，卻是向着山頭上直飛了上去！

我們幾個人，不禁相顧愕然，因為這表示，蒙面人和秋英，雖然上了山，但卻不是由道路上去，而仍然是攀山而上的！

何以他們竟捨道路而不用，這實在令人疑惑。但是，還未曾容我提出來商量，黃蟬已一聲嬌叱：「還等什麼，快上山去！」

她說着，身形一閃，已經橫過了馬路，緊接着，我、白素、紅綾三個人，也唰唰唰地穿了過去，這時正有幾輛車子來往，一時喇叭聲大作，但我們的去勢，實在太快，所以車子未及停下，我們已經在車前車後，穿了過去。

開始向上去時，還有些小路，到後來，全是密密的林木。這個城市的人口密度，雖然在世界首十名之內，但這一帶的山上，卻還是林木的世界。

眼看前面去路漸窄，行進困難，紅綾性子大發，一聲長嘯，一躍而起，已上了一棵樹，一上了樹，她的野人本色，便顯露無遺，簡直就如同猿猴一樣，從這株樹到那株樹，行動如風，一下子便把我們拋到了後面。

我們也想學她，奈何在樹叢中跳躍奔竄的這種功夫，都未曾學過，而且那也不是一時之間，學得會的，所以也無法可施。

好在紅綾雖然趕在我們前頭，但是她不時發出長嘯聲，好令我們知她身在何處，要緊隨着她，倒也不是難事。過了約有半小時，紅綾的長嘯聲傳來，似乎老是停留在原處，再也沒有前進。

我們加緊腳力，追了上去，不一會，就看到紅綾站在山頂的一塊小小平地之上，那頭鷹，就在平地之上，離地不高，正在盤旋。

我疾聲問：「什麼意思？」

紅綾道：「鷹兒看到他們，曾在這山頭上。」

我有點啼笑皆非：「然後呢？」

紅綾道：「後來就不知道了，牠要趕去報信，沒再看到他們的去向。」

我和白素互望了一眼，都不知說什麼才好，心想黃蟬一定失望之至了，向她看去，卻見到她俏臉之上，正好閃過一絲又驚又怒的神色。

那種神色，一閃而過，時間只怕還不到百分之一秒，若不是我恰好向她望去，絕對發現不了！

她現出那種神色的時候，目光望向近崖處的一塊大石，接着，她像是雷殛也似，震動了一下，但隨即回復了原狀，而且，一看就知道，故意把目光挪離了原來注視着的所在，望向別處。

這一切，雖然是在電光石火之間完成，但是卻恰好被我捕捉到了！

我心中陡然一動，偽裝什麼也沒有看到，可是卻在暗中留意那塊大石。那大石旁，有雜草、有灌木，看來一點也沒有異特之處。

我仍然不動聲色，甚至不向白素使眼色，只是焦急地道：「真糟，這下子，不知哪裏去找他們了！」

黃蟬苦着臉，先望着我，再望向白素，後來，竟望向紅綾，那種神情，叫人無法不同情，紅綾問：「黃姐姐，不見了秋英，你會——」

我和白素是一樣的心思，都想阻止紅綾發問，因為以紅綾之單純，對黃蟬的心機之深，簡直是一天一地，紅綾決計不是對手。

可是紅綾一下子就問了出來，她問得快，我們未及阻止，而黃蟬的回答更快，我們竟也來不及阻止！

黃蟬的回答是：「我會死，死得很慘！」

她雖然只說了簡簡單單的七個字，可是語調之淒慘，連我和白素，明知她的話中，大有作偽的成分在，也不禁心中惻然！

像紅綾如此威猛的人，一聽之下，竟不由自主，打了一個寒顫，失聲道：「這便如何是好？」

我和白素忙道：「孩子，你……」

可是黃蟬真工心計，還是把話搶到了我們的前面，疾聲道：「你們要幫我！」

她連說這五個字，也大有講究，不說「要你們幫我」，而說「你們要幫我」。雖然同樣是這五個字，可是前者還含有請求的成分，後者簡直是把事實定了下來，變得非幫她不可了。

紅綾這傻女孩，自然分不清其中的奧妙，已忙不迭點頭道：「一定，一定！一定幫你！」

她還唯恐黃蟬不相信，竟把當野人時，在猿猴處學來的習慣動作，也使了出來，一面說，一面拍打着胸口，發出老大的聲響。

黃蟬也索性做戲做全套，一步搶過，雙手握住了紅綾的手，一句話也不說，卻望着紅綾，一副感激涕零的樣子，目光竟然大是真摯。

看到了這裏，我和白素，心中不禁一聲長嘆，知道再要紅綾不管黃蟬的事，一定已不可能，逼急了，可能惹女兒對我們起反感！

不過我們也不是太擔心，因為人的成長過程中，總不免要經歷各種各樣的挫折。許多事，是怎麼教也教不會的，非親身經歷了，才知道的。有道是「吃一塹，長一智」——那還是指聰明人而言。若是笨人，只怕吃上七八塹，也難長一智。

我們的女兒，當然不是笨人，所以我一點也不擔心。而且，黃蟬究竟要採取何種手段對付二活佛，我們也想知道。若是她和紅綾有來往，對我們來說，也未嘗沒有好處。

由於黃蟬是代表了強權勢力的，所以我們不得不對她加倍提防，當時也就裝出了一副無可奈何的樣子，讓黃蟬心中去暗慶得計——她當然也不會顯露出來，成年人之間的勾心鬥角，紅綾是不會明白的。

當下黃蟬的聲音，竟然有些發顫：「還要借你的神鷹一用。」

紅綾一聽得有人稱那鷹為「神鷹」，已是歡喜莫名，連聲答應：「行！」

黃蟬道：「要相煩神鷹，在高空飛旋，留意他們的下落，一有發現，立即……立即……」

她一口氣講了下來，講到這裏，遲疑了起來。

紅綾性急，忙道：「是不是一有消息，就立即請牠來報知？你不妨暫到我家住着，鷹兒認得路，一有消息，會立刻回來！」

我和白素互望了一眼，心想這倒好，女兒自作主張，把人請上門來了。

這時，黃蟬也向我們望來，頗有歉意：「到府上去打擾，那是難免的了，只是神鷹一有了發現，若是飛回來報信，這一耽擱，人又不知到哪裏去了！」

紅綾竟真正老實，大是着急，頓足道：「那應該怎樣才好？」

我沉不住氣，不忍紅綾被黃蟬戲耍，所以忍不住道：「不要緊，叫黃姑娘給神鷹佩帶一具無線電話，一有發現，立刻電話通知，也就是了。」

紅綾想了一想，也知道決計沒有這個可能，她也知道我是在說反話，可是她仍然不明白我為什麼要說反話。

誰知道黃蟬聽了我的話之後，竟像是一點也不覺得我在諷刺她，反道：「衛先生的辦法，雖不中亦不遠，原則上就是如此！」

這一來，連我也莫測她的高深了！

我們一起向她望去，只見她動作優雅，取出了一隻小盒子，打開盒子，又取出了一枚指甲大小的物事來。

紅綾瞪着眼問：「這是什麼？」

我和白素一看，就不約而同，悶哼了一聲，齊聲道：「那是一具信號發射儀！」

我多說了一句：「這有效距離又是多遠？」

雖然我一看就知道那是什麼，但是黃蟬的回答，仍然令我感到意外：「無限遠——當然只是在地球上！」

我怔了一怔，白素揚眉：「想不到這小小的裝置，還能和人造衛星發生聯繫。」

黃蟬說通訊的信號可以發射到在地球上的無限遠，那當然要通過人造衛星來作媒介了，其原理和如今通用的越洋電話，完全一樣。

黃蟬點了點頭：「情況緊急，只好動用它來救急了。」

紅綾一聽我們的對話，便知究竟，用手把那微型信號儀接了過來，問：「讓牠銜着？」

黃蟬搖頭：「不，附在爪上，一有發現，請牠輕輕一啄，我們就可以收到信號！」

她說話十分乖巧，不說她可以收到信號，而說「我們」可以收到信號。

而且，還有更乖巧的話在後面，她望向我：「多年未有七先生的音信，若是藉此能夠見到七先生，那也是天大的幸事！」

這樣說，等於是在為我着想了。

不過，她的話，也令我怦然心動——確然，若能再見到久不知下落的七叔，那實是一大樂事！

我淡然道：「也未必一定是他。」

黃蟬長嘆一聲：「除了衛家門中，會有這樣的能人之外，我想不出還會有什麼人！」

這一下「高帽」，送得有點過分了。我和紅綾相視而笑，白素道：「黃姑娘嘴真甜！」

黃蟬卻像做了醜事的少女一樣，大是忸怩，也就不覺她阿諛太過了。

這時候，紅綾和那鷹走過一邊，雙方各自發出一陣古怪的聲音，紅綾手一揚，那鷹振翅飛起，轉眼之間，沒入雲端不見。

我吸了一口氣：「這樣的儀器，黃姑娘倒信得過那頭鷹兒？」

這通訊儀雖然只是小小一片，但必然珍貴無比，所以我才這樣說，卻不料又給了黃蟬表現的機會，她道：「在這裏的一切，我都信任，我的命懸在各位之手，還有什麼不可信的。」

我有點反感，冷冷地道：「何至於如此嚴重？」

黃蟬卻長嘆了一聲，不加辯解，我又悶哼了一聲：「這裏已沒有什麼可找的了，回去吧！」

我說着，已大踏步向前走去，白素看出我不快，這時跟在我的身邊，難得的是紅綾，她居然也知道了我對黃蟬的不滿，大步趕了過來，低聲道：「爸，你不是常常幫助別人的嗎？」

我望着她，不禁嘆了一口氣，這孩子沒有像平常的孩子那樣，受過循序漸進的教育，我在想，現在開始，才向她灌輸《中山狼》那樣的故事，告訴她有些人是幫助不得的，不知是否有效？

白素看出了我的心意，柔聲道：「孩子，等一會我和你細說。」

紅綾也有點明白，她發出了感嘆：「人真是太複雜了，比任何方程式更複雜。」

我們三人在前一面走一面說，黃蟬竟老實不客氣，跟在後面。

紅綾道：「就這一次，秋英畢竟是和我在一起時不見的，我不能旁觀。」

黃蟬應聲道：「若是府上不方便，我——」

白素不等她講完，就道：「沒事，回去先喝着酒，再慢慢等。」

白素的話，也有着明顯的諷刺意味，連紅綾這樣不通世故的人，都聽出來了，所以向她的母親，投以奇訝的眼光，表示她心中有疑問。

黃蟬毫無疑問，是一個玲瓏透剔，至於極點的人，她焉有不明白之理。

可是她卻硬是裝着不明白，嘆了一聲：「秋英未有消息前，哪有心情喝酒！」

這樣子的委屈求全，我和白素心中，都有點不忍。常言道：「伸手不打笑臉」，她是強權勢力的代表，若是調動力量，和我們來硬的，我們就算不敵，也絕不會皺一皺眉頭。

可是她卻一味軟磨，又猜不透她究竟意欲何為——她最終的目的，是想在我這裏，知道轉世二活佛的下落，這一點我是知道的。然而，我也可以肯定，她決難達到目的，所以，就無法知道她會採取什麼樣的步驟，來達到她的目的。

我一生經歷極奇，也遇到過各式各樣的人，但是像黃蟬那樣的卻也還是頭一遭。

她本來清麗絕倫，是一個絕色美人，無論舉手投足，一顰一笑，都大具迷人的風姿，使人在不知不覺之中，會對她迷戀。

這樣的一個出色的人物，可惜由於知道了她具有目的，有所企求，而且可能不擇手段，所以頓時品級就低了，便成了徒具美麗的外形，再也沒有美人那種發自自然的迷人風姿了。

在現實世界中，有的是為了利慾而變俗的美女，可是都沒有像黃蟬那樣極端，這真不免令人嘆息。

在途中，可能是由於各懷心事，所以誰也沒有說話。一進了門，白素便道：「孩子，跟我來，我有話說。」

紅綾答應了一聲，就和白素上樓。我忙道：「我也有話說！」

白素卻道：「你先把話向黃姑娘說清楚了。」

她們兩人上了樓，我深深地吸了一口氣，轉回身來，向黃蟬道：「我要說的話只有一句：你絕無可能在我們這裏，得到轉世二活佛的情報，不論是來軟的或是來硬的，都不行。」

黃蟬現出十分委曲的樣子：「我沒有企圖在你這裏蒐集轉世二活佛的情報，我只是想取回那三件法物，向組織證明我和秋英是清白的！」

第九部

另一個人

我悶哼了一聲：「就那麼簡單？」

黃蟬苦笑：「這還簡單？到現在為止，一點線索都沒有，連人都丟了。」

我揮了揮手：「你有什麼接收信號的儀器要攞出來，只管請便。」

黃蟬道：「不必了，那鷹——」

我陡然打斷了她的話頭：「那神鷹！」

黃蟬的俏臉之上，現出了十分複雜的神情，過了片刻，她才道：「我稱那鷹為神鷹，也不為過，而且我相信，牠一定會有所發現！」

我剛才「提醒」她，自然是基於對她討好紅綾的明顯不滿，她自然也知道，所以才作了這樣的解釋。但是她的解釋，當然不能消除我的不滿。

我半轉過臉去，沒有再說什麼，黃蟬先說完了剛才被我打斷了話頭的那句話：「若有信號回來，我立刻就可以知道！」我並沒有去問她，信號的接收儀何在。在領教過了身體內可以藏有小型核武器的情況之後，沒有什麼是不可能的了。這時如果她告訴我，信號接收儀，就在她的腦部，我也會深信不疑。

黃蟬接着，又嘆了一聲，幽幽地道：「其實，我們沒有不可以成為朋友的道理。」

我盯了她半晌，才道：「太有了，你是一個強權勢力的代表，而我只是一個普通人——和全世界的普通人有同樣的一個理念：願世界上所有的強權勢力，都煙飛灰滅，消失無蹤！」

黃蟬抿着嘴，好一會不出聲，才道：「那麼至少在找尋衛七的下落上，我們可以合作。」

我疾聲道：「說到合作，雙方必須坦誠相對。」

黃蟬一揚眉：「我們可以坦誠相對！」

我提高了聲音：「好，那麼，請告訴我，在山上，那塊大石旁，你發現了什麼？」

我曾發現她目注一處大石，神色有異，卻又不知原因，所以這時提出來責問她。

黃蟬呆了一呆，反問道：「有嗎？」

我用力點頭：「有，可能只有百分之一秒，在你臉上顯露你看到了什麼值得注意的事，但是恰好給我看到了！」

黃蟬伸手，在她自己的臉上撫摸着，然後，又雙手掩住了臉一會，這才道：「我是一個不及格的特務，竟無法控制自己的表情。」

我冷冷地道：「不必太自責，只不過是湊巧而已。」

黃蟬不等我再問，就道：「在那塊大石上，我看到了有人留下來的暗號。」

儘管她說得認真，但我仍然立即嗤之以鼻——秋英是一個「白癡」，只能在腦中接受簡單的信號，根本沒有能力留什麼暗號給她！

當然是我的神情告訴了黃蟬我不相信她的話，所以她急急有了說明——雖然我心中對黃蟬始終有芥蒂，但那全然是由於她的身分異特之故。事實上，和她打交道，可以說是賞心樂事。第一，她極其聰明，鑑貌辨色，舉一反三，幾乎不必明言，她就能明白你的意思，和聰明人打交道，自然是樂事。其次，她容貌體態，都俏麗絕倫，賞心悅目，雖沒有「內在美」，但是和一個母夜叉相處，或是和一個美女，當然寧願選美女了。

這時，她急急道：「當然不是秋英留下的暗號，她什麼也不懂，怎會留下什麼暗號。」

我「哦」地一聲，故意道：「不是秋英，莫非是那蒙面人留下的不成？」

黃蟬低嘆了一聲，似乎在感嘆我對她的態度，始終不友善，但是她卻並沒有提出抗議，只是道：「我不知道是誰——令我震驚的是，留下來的暗號，是絕對秘密的，知道的人，只有十三個。」

我皺了皺眉——這情形並不出奇，任何人都可以自創一種只有他自己一個人明白的暗號，但為什麼是「十三個」人呢？

黃蟬立刻道：「一個是暗號的創造人，其他，是我們十二個。」

我「哦」地一聲。我明白，「我們十二個」的意思，和黃蟬同一身分的女特務，一共有十二個，黃蟬是其中之一。

這十二個以花為姓名，自小便接受匪夷所思訓練，而成為強權勢力的「人形工具」，我對她們並不陌生，而且，也知道其中幾個的結果——海棠成了外星人，徹底摒棄了她心目中醜惡的地球。柳絮和康維十七世這個新形成的生命在一起，水紅最幸運，和柳絮一起，脫離了強權的控制。

這些美麗的女孩子，都和原振俠醫生有過種種事件，我只是間接知道一些。眼前的這個黃蟬，是和我見面最多的一個。

黃蟬居然知道我在想什麼，她道：「似乎我們一生的訓練，都敵不過原振俠醫生的魅力！」

我笑了一下：「老和尚告訴小和尚，女人是老虎。」

這是一個老故事了，黃蟬自然一說就明白，她現出嚮往的神情：「很可惜，據說，這位俊俏古怪又多情的好男兒，下落不明了。」

看來她大有會一會原振俠的意思，我嘆了一聲：「他的情形太複雜了，有機會或會詳告。」

當我這樣說的時候，我心中不禁在想，若是原振俠遇上了眼前的這個美人兒，不知道又會迸出什麼樣的火花來？

我沒有再想下去，追問：「既然是這樣的暗號，那一定是你的同類到了。」

我不說「你的同伴」，而說「你的同類」，那自然是無禮之至。她也不介意，卻緩緩搖了搖頭。

我不知她在弄什麼玄虛，只是悶哼了一聲，她立即解釋：「要是是我們相互間留下了暗號，必然會有一個代表身分的標記，一看就知道是誰留下的。」

我不耐煩：「那又是怎麼一回事？」

黃蟬欲語又止：「這實在是沒有可能的事——」

我有點惱火：「已經發生了的事，這有什麼不可能的，是誰留下的暗號？」

問到這裏，我陡地想起，剛才她說過，那特有的暗號，只有十三個人知道，除了她們十二個之外，知道的是暗號的創辦人。

如今，她說那暗號不是她們十二個所留的，那當然是暗號的創辦人了！

所以，我疾聲問：「暗號的創辦人是誰？」

我自以為這個問題，問中了要害，卻不料白素的聲音，自樓梯上傳來：

「你本末倒置了，怎麼不先問暗號的內容是什麼？」

我循聲看去，白素和紅綾，一起自樓上走下來，她們顯然站在樓梯上已有一會兒了。

黃蟬立即道：「白姐說得是，那留在石上的暗號說，秋英不會有危險，叫我不必費心機去找，找也找不着，找到了也沒有用。」

我表示疑惑：「什麼暗號，能表達那麼豐富的內容？」

黃蟬道：「是，這種暗號，比現代速記，要好十倍都不止！」

我再問：「暗號的創辦人是誰？暗號是他留下來的？」

黃蟬道：「我不知道暗號是什麼人留下來的，照說只可能是創始人，可是又實在沒有可能——」

她說到這裏，我再也忍耐不住，疾聲喝道：「那創始人是誰？」

黃蟬忙道：「我說！是鐵蛋鐵大將軍！」

我陡然一震，一時之間，竟不知如何反應才好。這個答案，其實並不突兀，而且還應該在意料之中，因為當鐵大將軍權勢薰天之時，正是他負責整個情報工作之時。

所謂「她們十二個」的訓練培養，鐵大將軍都是主持人之一，那麼，他自創一套暗號供她們使用，不是正常之極的事情嗎？

但是我還是感到了震驚，那是由於，我和這位大將軍的關係太特殊了！

而且，我知道鐵大將軍在殘酷的權力鬥爭中摔下來，失勢之後，墮樓受創，雙腿折斷，有幸劫後餘生，在德國的農村之中隱居，不問世事，如何會來到這裏，在石塊上留下暗號。

黃蟬自然也想到了這一點，所以才在事先，說那是不可能的事！

我在雜亂的思緒之中，立即又聯想到了鐵大將軍的兒子鐵天音——這個悲劇性的人物，由於少年時目睹了血肉橫飛的政治權力鬥爭，刺激過甚，以至有間歇性的不正常精神狀態發作，為了他的這個病，我和他在苗疆，幾乎因為誤會而鑄下了彌天大錯。

這鐵天音雖然已是專業醫生，但是性好活動，難道是他？莫非是鐵大將軍把有關暗號的事，告訴了自己的兒子？鐵大將軍失勢之後，雖說已看透了世情，真心歸隱，但當年指揮百萬大軍，轉戰沙場，叱吒風雲的大將軍，晚年寂寞難耐，向自己唯一的親人，訴說一下當年的風光得意之事，也在情理之中。

如此說來，那蒙面人難道是鐵天音？

一想到這裏，我忙問：「那絕密保險庫的出入方法，鐵將軍知不知？」

黃蟬像是早已料到我有此一問，立時道：「最初創設之後到如今，方法經過更改，那是鐵大將軍出事之後的事了，所以，如今的方法，他不可能知道。」

我立時向白素望去，白素道：「不必問我，問黃姑娘好了！」

我和白素之間，已到了心意相通的地步，她知道我是要問她，是不是有鐵天音最近的消息，如何方可以和他聯絡，而白素料到，黃蟬也必然留意過鐵大將軍的這一條線，所以叫我問她。

（有關鐵大將軍的事，散見於《探險》、《繼續探險》、《大秘密》及《少年衛斯理》諸故事之中。）

黃蟬也立時應聲道：「鐵天音在苗疆的貧困地區行醫，他和一個叫何先達的人合作，一行西醫，一行中醫，救人無數，方圓千里的少數民族，尊他們為天上派下來的大救星！」

我和白素，「啊」地一聲，大是感慨。

當年和他在苗疆分手之後，只盼他自小受刺激形成的疾病，得以醫治，看來何先達的內家氣功，已經奏效，他們兩人在苗疆行醫，拯黎民於水火，那真是功德無量了。

黃蟬又道：「近兩三年，他一直沒離開過苗疆。」

我望了黃蟬半晌，黃蟬忙道：「那不關我的事，他身分特殊，要受監視，每一個和他這樣身分的人，都不能免，別說是兒子，老子也不能免。」

我嘆了一聲，沒有再說什麼——那種事，當然不能怪黃蟬，當他們的最高首領狂吼「別在我房間裝竊聽器」之時，黃蟬只怕還未出生，連最高首領尚且如此，那只好說是，一個極權勢力既已建成，一切可怖卑鄙的手段，也隨之而生，連建立者本身，也難以避免，「作繭自縛」這句成語，恐怕就是這個意思吧！

一時之間，我們幾個人的心中，都有同一疑問：「那會是誰？」

自然，這個疑問，必須建立在對黃蟬的話，深信不疑這一點上。黃蟬自己也明白這一點，所以她道：「那暗號還在，一共是幾個符號，我可以帶你們去看。」

白素道：「不必勞師動眾了——我想，留下那暗號的，是把秋英帶走的那蒙面人！」

黃蟬聽了，欲語又止，我則點頭表示同意：「先假設這蒙面人，不知通過了什麼途徑，得知了許多秘密，包括特殊的暗號，和出入秘庫的方法等等。」

黃蟬接受了我的假設，提出了新的疑問：「他把秋英帶走的目的何在？」

我吸了一口氣：「這一點最令人不解，照說，他要帶走秋英，在他盜寶的時候，要把秋英弄走，易如反掌，何必等到現在？」

白素表示不同意：「秋英是一個活人，那時要弄走她，當然有困難！」

我反駁：「如今的情形，不是他把秋英劫走，而是秋英自願跟他走的！」

白素想了一想：「或許，是那時時機尚未成熟吧！」

白素這樣說法，聽來很是牽強，我以為白素只是順口說說的，沒料到後來事態的發展，竟證明大有道理。

我們在討論推測，紅綾在一旁，很少發表意見，但是她聽得十分用心，這時，她道：「關鍵全在那個小姑娘的身上。」

她老氣橫秋，稱秋英為「小姑娘」，自然是由於秋英纖弱的外形，得來的印象。她這樣說法，頗令我們感到突兀。

因為從各個角度來看，關鍵人物，都應該是那個蒙面人，和秋英有什麼關係？何以紅綾獨排眾議？難道她也懷疑秋英泄露了秘密？

一時之間，我們的目光，都集中在她的身上。

紅綾道：「我感到，秋英跟着那蒙面人離去的時候，像是很有默契。」

我呆了一呆，對於紅綾的這種說法，我不能表示什麼意見，因為當時，她在場，我不在場。

白素道：「你是說，蒙面人曾給秋英看了一樣什麼東西，秋英就……明白了。」

紅綾道：「或許是給她看了什麼東西，也或許是向她作了一個什麼手勢，又或許是……說了一句話？總之，他是向秋英傳遞了一個什麼信息，秋英一看就明白，所以才會跟他走的。」

紅綾說完之後，又補充了一句：「不然，秋英的武術根柢極深，任何人要強逼把她帶走，不是易事。」

我和白素，向黃蟬望去，徵詢她的意見。黃蟬點頭：「秋英由於心無旁騖，所以武術的造詣極深，在我們十二個人之中，以她為首。」

黃蟬的話，又在意料之中，又出乎意料之外。在意料之中的是，在那樣的環境之中，有明師高人指點，秋英除了習武之外，什麼別的心思也沒有，自然容易精通，中國的傳統武術，尤其是內家氣功，最講究修煉者精神集中，抱元歸一，雜念叢生的，一定難以達到最高境界，所以秋英的武學修為高，是意料之中的事。

但是她的外形，看來如此弱不禁風，又實在難以叫人聯想到她會身懷絕技，若謂「真人不露相」，秋英可以說是世界之最了。

黃蟬在肯定了紅綾的一點意見之後，神情又疑惑之至：「可是，她……和蒙面人之間，又怎麼會有默契？」

紅綾很是得意：「這就是我說她是關鍵的原因了，她究竟是怎樣的一個人，黃姐姐，你雖然說你是她最親近的一個人，可是你知道麼？」

黃蟬先是一呆，接着是欲言又止。猜想她原來是想脫口說「我當然知道」，但是一轉念間，又覺得自己未必知道，所以又把話縮了回去。

接着，她嘆了一聲：「我以為知道，可是看來，還是不知道。」

我和白素，對紅綾的分析，都大感有趣——她的分析看來不依常規，只憑一己靈感，但是卻又奇峰突起，在毫無頭緒的悶局之中，頗有醒人心神之妙。

我反問：「那麼，你說她是怎樣的一個人？」

紅綾搔頭：「不知道，但是我知道她絕非一個頭腦簡單，只憑人家發給她的信號行事的人，她有比常人更豐富精彩的內心世界！」

紅綾對秋英竟然作出了這樣的評價，很出人意表，黃蟬道：「你和她相處，不過幾小時！」

紅綾道：「是，時間很短，但我們兩人一鷹，是真正相處，是憑各自的心靈力量交流，而不是用儀器發出信號給她接收。」

黃蟬揮了揮手：「你們的心靈交流之中，你得到了什麼？」

紅綾皺着眉，眉心打了一個大結，我看了之後，忍不住伸手，在她的眉心，按了一下。紅綾道：「黃姐姐，照你的敍述，秋英對世上的一切，所知極少，她甚至應該不知世上有鷹這種禽鳥存在？」

黃蟬的神情，剎時之間，也變得很是疑惑，顯然她認為紅綾所說的有理。

她遲疑道：「她見了那鷹，覺得有趣，和鷹玩耍，也是很普通的事。」

紅綾搖頭：「黃姐姐，你叫那鷹為『神鷹』，牠通靈之至，絕不會和普通人玩耍，而且，秋英一和那鷹在一起，就像是一個熟練的馴鷹專家一樣，她和鷹兒的一些……『共同語言』，連我都不知道，她和鷹兒還聯合起來笑我不懂！」

這一番話，聽得我們三人，大是錯愕，我連連作手勢：「你說清楚一些，你這樣說，想說明什麼？」

紅綾一字一頓：「我是說，秋英腦中，有着完整的記憶系統，她不是又聾又啞的殘廢。」

黃蟬陡地叫了起來：「不可能！」

紅綾也大聲道：「一定是，只是她的情形有些特別，她似乎並不能由心運用她腦部的記憶，要依靠某種誘發，才能觸動，例如那鷹引發了她記憶部分中對鷹的所知，那蒙面人不知用什麼方法，引發了她的另一些記憶，使她跟着他走了。」

紅綾侃侃而談，不但對她所說的一些奇特現象，充滿了信心，而且，還說得條理分明。雖然她所用的字句，有時很生硬，聽來不是很順耳，但是我們都明白。

聽她說到後來，我心中駭然，失聲叫道：「天，你說的，她不能由心控制的記憶，是說那是她前生的記憶？」

在我這樣說的時候，白素和黃蟬，也不由自主，發出了低呼聲。

紅綾道：「我不敢肯定是不是她的前生記憶。但是可以肯定，她的腦中，必然有一組十分完整，而且十分異特的記憶在。」

我們相顧無語，心中的疑問相同，這個疑問是：秋英會是誰？

這個疑問，乍看不通之至，應該問得詳細一些：秋英的前生是誰？

或者：秋英腦中的記憶，原來屬於什麼人？

一時之間，我們都為紅綾這種奇異而大膽的推測，而感到震驚，然而卻又不得不承認，紅綾的推測，很能夠解釋一些謎團。

黃蟬最先有了反應，她結結巴巴地道：「秋英……秋英她是潛伏的敵人？不……不……秋英的腦中，有着潛伏的敵人？」

我大聲道：「未必是敵人，那是一組記憶，屬於另一個人，那另一個人，或者和她有關連，是她的前生，那麼，她就是這個人的轉世，或者和她一點關係也沒有，只是侵入了她的腦部——這兩種情形，都不是很罕有，我都曾經歷過好幾次了！」

黃蟬在理智上很能接受我的解釋，但是在感情上，她顯然難以接受，她不斷搖頭，神情變幻莫測，但都是不相信的神情。

又過了一會，她又問：「這……是不是說，如果是她泄露了秘密，那其實泄露秘密的不是她，而是她腦中的那『另一個人』？」

我點頭：「可以這樣說。」

黃蟬雙手捧住了頭，走到了一角，紅綾有點不明白：「黃姐姐怎麼啦？」

我道：「她無法使她的領導接受這個推測。」

第十部

繪畫傳意

紅綾道：「其實很簡單——」

她話才一出口，黃蟬已陡然轉過身來，哀求道：「好妹子，怎麼簡單法？」

紅綾說出來的方法，確然「簡單」之至：「誰要是不信，只要把秋英帶到他的面前，讓他體驗一下秋英的腦活動情形就成了！」

黃蟬呆了一呆，我也不禁苦笑。第一，秋英如今不知何在。第二，就算照做，黃蟬的上司，也必然認為秋英就是叛徒，哪管你前生後世！

白素吸了一口氣：「關鍵確然在秋英身上。秋英是鐵大將軍交給組織的，那麼，鐵大將軍應該知道她的來歷，那或許有幫助。」

白素望着我這樣說，我自然明白她的意思，是要我去找鐵大將軍問一問秋英的來歷。

我也對秋英的來歷好奇之至，而且我也知道鐵大將軍的隱居所在，更重要的是，和鐵大將軍敘舊，是很有趣的事，這次相聚，我們更可以有一個久未提起的話題——七叔。我少年時受七叔的影響大，鐵蛋因為我的關係，也認識七叔，七叔對他，當然也有影響。

我最記得七叔最喜歡當着眾人，摸着他滿是瘡疤的光頭，告訴大家：「這孩子將來的出息可大了，這裏所有的人都不如他！」

七叔所學極廣，連占卜星相，也十分精湛，遠近馳名。但當時，鐵蛋連正式的名字也沒有，只是順口被人叫成「鐵蛋」，是一個無依無靠的流浪孤兒。大家雖知七叔有能耐，但是對於他對鐵蛋的評語，也總是一陣哄笑，全不當一回事。

可是七叔卻十分正經，還會問：「鐵蛋，你將來想幹什麼？」

鐵蛋在那時，就豪氣萬丈，大聲答：「我要當大將軍！」

當然，鐵蛋的回答，結果是惹來一陣更宏亮的哄笑聲。而在這時候，基於朋友的義氣，雖然我難以把當時的鐵蛋和大將軍聯繫在一起，但是我還是在眾人的哄笑聲中，表示對他的支持：「他會當大將軍，會！」

七叔喟嘆：「理哥兒說得對，他會當大將軍。唉！可是，一將功成萬骨枯啊！」

這種少年時的情景，歷歷在目，我敢說，七叔的「預言」，對鐵蛋有很大的影響，所以現在七叔，有了音信，他一定會大感興趣。

在這樣的情形下，我再次去造訪隱居的大將軍，似乎是無可避免的事了。

但是我還是有猶豫：鐵大將軍已經是跳出紅塵的人了，我去騷擾他，是否恰當？而且，若是因此而暴露了他的所在，難保不引起強權勢力對他的「關注」，那就會徹底破壞了他平靜的生活。

所以我沒有立刻作出決定，而就在這一個遲疑之間，事情有了變化，我不必再去找鐵大將軍了。

後來，若干時日之後，我有和鐵蛋相聚的機會，那時，這個故事的一切，都已真相大白，我和他談起秋英的來歷，方知道當時就算去找他，也沒有用，因為他也不知秋英的來歷。

她是鐵蛋在一次世界巡迴的行程中，在川藏邊界，在路邊發現的一個棄嬰，引起鐵大將軍注意，而把她收留下來的原因是，當時天氣極寒冷，而女嬰得以生存，是由於有許多不同種類的鳥，伏在她的身上，為她保暖。

鐵蛋當時想的是：這女嬰若不是大有來歷，怎會得到這樣的呵護？鐵蛋也只是肯定這女嬰「大有來歷」，至於究竟是什麼來歷，他自然說不上來，所以，當時我幸好沒去，因為去了也是白去。

卻說當時的變化是，黃蟬突然「咦」地一聲：「神鷹有發現了！」她邊說，邊取出了一隻扁平的盒子來，那盒子只有普通煙盒大，她將之打開，抽出一幅熒光幕來。我知道現代的科技，已經可以使許多功能，集中在一具小小的儀器上，所以忙問：「發現了什麼？」

黃蟬神色訝異，只自然而然，抬頭向上望了一下——身在屋內，她自然無法看到天空，而紅綾卻已一下子歡呼了起來：「神鷹回來了！」

黃蟬當然是在儀器上看出鷹回來了，才神色訝異的。而紅綾的感覺，竟然比儀器更靈敏，這才真有點不可思議。紅綾一面叫，一面撲向窗口，打開窗子，一陣風捲進，那鷹已飛了進來。

我向那鷹看去，看到黃蟬的信號儀仍然在鷹腳上，而在鷹爪上，另有一樣東西握着，那是一隻小小的圓筒。

鷹在紅綾的肩頭上站定，便舉爪向紅綾，紅綾先把那信號儀取了下來，還給了黃蟬，才取下了那小圓筒，看了一看，旋轉着打開，取出了一小卷很薄的紙來。

紅綾先不把紙卷打開，向我望來，我道：「上面可能有秋英的信息，打開來看看。」

紅綾展開了紙卷，壓平在桌上，我們一起看去，在那薄如蟬翼的紙上，畫着線條十分簡單，但是生動無比的好幾幅圖形，那些圖形，被簡單的線條勾勒得十分清楚明瞭，一看就明白是什麼意思。

第一幅，是秋英和黃蟬擁在一起——兩人眉目如畫，一看就知道誰是誰。第二幅，秋英被一個蒙面人拉着手離去，一手還在向黃蟬揮動，表示依依不捨。

第三幅，秋英一手指天，一手指地，神情嚴肅，一時之間，不容易明白是表達什麼。

白素道：「她是說，在世上她有極重要的事要做，而且非做不可。」

第四幅，她向作狀退過來的黃蟬揮手，接着，她和蒙面人的身形已去到極遠極小了。

黃蟬神情苦惱：「這算什麼？她表示就此離我而去，叫我再也不必去找她？」

紅綾道：「正是如此。」

更妙的是，在紅綾說這四字的同時，那鷹一聲長鳴，竟像在回答黃蟬的問題一般。

剎那之間，只見黃蟬呆若木雞，雖然難以猜測她在發呆之中，究竟在想些什麼，但是從她怔呆的神情之中，也可以看出她心中百感交集，不知如何才好。

我和白素在這時，連連向紅綾做手勢，示意她不必急於想幫助黃蟬。

可是過不了多久，紅綾還是忍不住道：「看來秋英很好，她要走她自己的路，黃姐姐何必悲苦？」

黃蟬這才像是一口氣回了過來一樣，慘笑道：「我不是為她悲苦，是為我自己！」

紅綾揚起濃眉，表示疑問，黃蟬道：「她這樣不明不白離去，叫我如何向組織交代？」

我正怕紅綾不懂得黃蟬口中的「組織」是什麼，白素已輕輕碰了我一下，而紅綾一點也沒有不明白的意思——我知道了，剛才白素把紅綾帶上樓去，一定已把黃蟬的身分處境，向紅綾說了。這是一連串相當複雜的問題，紅綾看來已弄明白了，這可真不簡單。

紅綾道：「照實說就是。」

黃蟬苦笑：「誰會相信？」

紅綾道：「若是連你也不相信，這個組織，不要也罷，離開就是。」

黃蟬震動了一下，喃喃地道：「組織可以不相信你，可是你一定要相信組織！」

這本是他們的「信條」，多少元帥將軍，被組織折磨到死，也還抱着這樣的信念，這種甚至脫出了人情的範圍，可以歸入狗性的所謂「信念」，最令人噁心。我立刻冷笑道：「對，即使組織把你腰斬凌遲，你也要對組織有信心——有朝一日，組織會為你『平反』的！」

黃蟬的俏臉煞白，我又道：「你看看秋英，說走就走，何嘗曾把組織放在眼裏，我不信組織能奈何得了她！」

黃蟬走開幾步，倒向一張安樂椅，把頭埋在雙臂之中，身子在不住微顫。

紅綾向她走過去，雙手按在她的肩上，她的雙手大而有力，黃蟬慢慢地抬起頭來，向我們三人望了一遍：「本來我來求助，誰知道事情愈弄愈糟——我不會再打擾你們，我告辭了。」

我以為她想把失去秋英的責任，推到紅綾的身上，硬要我們負責。如果是這樣，那幾近訛詐，當然會使我反感。可是她卻並沒有這樣，反倒打了退堂鼓！

雖然我知道事情絕不會如此罷休，因為事情和整個喇嘛教的興衰有關，和二活佛的寶座有關，牽涉到的範圍太廣，有關的利益，更是大得可以發動一場大戰，絕不會就此作罷。

但是在如今這樣的情形下，黃蟬自己願意「暫停」，我們當然沒有理由一定要繼續，自然除了靜以待變之外，沒有別的辦法。

我很衷心地道：「黃姑娘，若是你有決心脫離組織，不是沒有成功的希望，我會盡力幫助你。」

黃蟬的回答，雖然令我失望，但是卻令我很欣賞她的坦誠。

她不說「考慮考慮」之類的敷衍話，而是斬釘斷鐵地道：「不，我不會脫離組織，我是組織的一分子，榮華富貴，或是腰斬凌遲，都和組織結合在一起——每個人有每個人不同的人生之路，我的人生路，我自己有主意。」

我吸了一口氣：「好極。希望我們以後不必再相見，道不同不相為謀，你走你的陽關道，我走我的獨木橋，請吧。」

黃蟬卻嫣然一笑，動人之至：「不，以後，還肯定要來麻煩三位的！」

她說着，向紅綾肩上的鷹，揮了揮手，那鷹也揮翼致意，黃蟬就這樣走了。

黃蟬就這樣離去，頗令我和白素訝異，紅綾則自顧自上了樓。白素忽然問：「你猜她留下了多少東西？」

我略想了一想，白素所指「留下了東西」，指的當然是黃蟬留下來，可以探測到我們行動的一些微型儀器，包括了竊聽器，甚至是小型的攝影機等等。

我的答案是：「一定有，要不要再請戈壁沙漠來檢查一下。」

白素卻緩緩搖了搖頭，我道：「我對他們兩人很有信心，他們可以查得出來。」

白素卻道：「黃蟬也知道你會請他們來查，所以她要就是沒留下什麼，要就是她用的方法，戈壁沙漠無法查得出來。」

我感到很是厭惡：「我不喜歡我們的一行一動，都在監視之下！」

白素道：「也未必是我們所有的行動，對方都能知道，我猜想，她用的，一定是一個很巧妙的方法，能探知她最想知道的部分，而不是全面的監視——她知道若是進行全面監視，結果一定弄巧反拙。」

我嘆了一聲：「你愈說愈玄了，我無法了解！」

白素忽然哼了幾句小調，道：「咱們就『騎驢看唱本』吧！」

那是一句北方的「歇後語」，意思是「走着瞧」。

我悶哼一聲：「反正我們不提，她偷聽本事再強，也就白廢。」

白素笑着，向樓上指了一指，她的意思我明白，她是說，要我們兩個以行動來反監視容易，但要胸無城府，率性行事的紅綾，也處處提防，就比較難了。

我剛想表示同意，卻已聽得樓上傳來了紅綾的一下怪叫聲，隨着那下怪叫聲，她又在叫：「爸，媽，你們快來看，快來看！」

從她的怪叫聲中，可以知道，一定是發生了意外，不過倒也可以肯定，那意外不會是什麼凶險的事，只是令她驚奇。

她的叫聲極大，幾乎整個屋子都為之震撼，連耳朵極不靈光的老蔡，也被驚動了，不過，等到老蔡驚惶地奔出來時，我和白素早已到了樓上，掠進了紅綾的房間。

一進紅綾的房間，我就一呆，白素忙道：「孩子別去碰它！」

房間中的情形是，紅綾手中，拿着一條毯子，那毯子，當然是用來在睡覺的時候，蓋在身上保暖的，可是紅綾從來不用。

她不用，老蔡照樣替她準備着，放在她的那張繩牀之上——自從回家之後，她一直睡在繩牀之上。所以，她若是要上牀，先得把毯子拿開。

當時的情形自然是：當她一掀開了毯子，就看到繩牀上多了一樣東西。

那是一隻相當大，約有一般小提琴盒般大小的扁長方形的盒子。所以她才發出怪叫聲的。

白素叫「不要去碰它」，就是叫她別去碰那盒子，因為白素不知道那盒子是什麼東西。

可是我一看到這隻盒子，就只感到一股熱血，直衝腦門——我認識那隻盒子！

就是那隻盒子！當年小年夜，大雪紛飛時，七叔冒着雪，將它夾在脅下，一陣風也似捲進祖屋的大堂來。就是那隻盒子，打開之後，裏面有三樣古怪奇特的東西，一隻銅鈴、一隻手掌和一簇花。

那三樣東西，是喇嘛教的聖物，二活佛的轉世，是不是能得到百萬教眾的確認，就要靠轉世靈童是不是能破解隱藏在這三種法物之中的暗號而定。

這隻盒子，在守衛森嚴之極的保險庫中被盜走，盜寶人有可能就是多年來音信全無的七叔，這位七叔，不但當年行蹤飄忽，神龍見首不見尾，如今更是神秘莫測，他如果能夠出現，那真是太好了。

那盒子，如果是他盜走的，那麼，當然也是他放在紅綾牀上的了！

一時之間，我百感交集，張大了口，一句話也說不出來，白素和紅綾一回頭，看到了我這樣子，白素立即就明白了。

她「哦」地一聲：「就是它？」

我一面點頭，一面已叫了起來：「七叔、七叔！你在哪裏？七叔！」

那叫喚聲，就像我少年時，他會突然出現，我一見到他，必然跟在他的身後，不斷叫着他一樣，而他也必然會伸出大手來握我，不論是什麼時候，他的手都極其溫暖，使人感到安全可靠。

這時，我叫了幾聲，沒有得到任何回答，聲音不免就有點哽咽。

我一步一步，走向繩牀，伸出手去，按在那盒子之上，深深吸了一口氣。

就在這時，紅綾忽然道：「爸，這盒子，是鷹兒帶回來的！」

我陡然一呆，本來我一見那盒子，神馳物外，思想已回到了多年之前第一次見到那盒子的時候，正沉緬在往事之中，紅綾的那句話，才把我拉了回來。

我怔呆之間，已聽得白素在問：「什麼？」

紅綾把剛才那句話重複了一遍，我向她看去，才見到那鷹正站在她的肩頭，和她在「交頭接耳」，而且，各自發出一連串唧唧啾啾的聲音。

我也把紅綾的話重複了一遍，紅綾肯定地道：「是，是牠帶回來的。」

紅綾的房間，為了方便鷹兒的出入，窗戶闊開，如此說來，那鷹在回來時，先把盒子帶進房間來，放在繩牀上，這才又飛出去，啄了信號儀，當作什麼事也沒有發生過一樣地回來！

這樣做的目的，自然是為了要瞞過黃蟬！

而這一連串行為，這麼複雜，那鷹竟能完成，那真不愧為神鷹了！

我和白素，一時之間，都不免有疑惑之色，紅綾自顧自和鷹兒交談（他們自然是在交談），過了一會，紅綾才拍了拍鷹兒的頭，表示讚許。

她抬起頭來：「鷹兒說，在山頂上，牠發現了秋英和那蒙面人，那蒙面人伸手召牠下去，把那盒子交給他，要牠帶回來，並且要牠把盒子帶回來的時候，別讓黃姐姐知道，牠都做到了！」

紅綾在這樣說的時候，神態語氣，都大大因為那鷹的能幹而自豪，而若不是那盒子確然在繩牀之上，我根本不易相信那是事實，那鷹竟如此通靈，真是罕見的神鷹，我和白素，不由自主地鼓掌，那鷹略側着頭，對我們的讚揚，一副當仁不讓的樣子。

我感到有趣，正想走向前去，學紅綾那樣，去輕拍牠的頭，表示讚揚，可是忽然發現那鷹斜睨着窗外，神情有點異樣。

我循牠的目光看去，也不禁一怔，只見有一隻鳥兒，正以極古怪的姿勢，停在窗外——那鷹是憑着雙翅不斷地扇動，才停在半空之中的。一般來說，只有身體極小的蜂鳥，才有這種半空停頓的能力。而那隻鳥，顯然不是什麼蜂鳥。因為牠比蜂鳥大得多，雙翅橫展，約有一公尺左右，這時，由於牠雙翅正在飛快地撲動，竟似閃動着兩團黑霧，似真似幻。

而牠的身子，卻相當小，和雙翼之巨大，不成比例——這樣體型的鳥兒，最擅長途飛行，越洋過海，穿越大洲的，都是這樣的鳥兒。

而那鳥全身羽毛，是一種泛着金屬光彩的鐵青色，尖喙如鉤，更奇的是一雙眼睛，有一個白得耀眼的眼圈，雙目閃閃生光，極其有神。

這鳥，一看便知道屬於鶚隼一屬，是少有的猛禽。

這時，白素和紅綾也發現了那鳥，紅綾首先叫：「這鳥好有趣，可以和鷹兒作伴！」

白素沉聲道：「這鳥叫做『海冬青』，斷無理由，在此地出現！」

白素的話，令我陡然想起了這種叫「海冬青」的小型獵隼種種大有來歷之處。

這種兇殘無比，又狠又機靈的獵隼，生活在極寒北地，西伯利亞一帶，滿州人當年興起的地方，也有牠們的蹤迹，不但稀少，而且極難馴養，所以一隻受過訓練的海冬青，價值之高，難以想像。聽説清始祖努爾哈赤，就曾以一旗的兵力，再加上十二顆大東珠，才換了一對，那對海冬青，跟着他南征北討，完成了統一滿州族的大業。所以當時曾非議他以一旗兵力，換了兩隻鳥兒的人，也不得不佩服他，改口説他事實上，是以一旗兵力，換了八旗雄兵，開創了三百餘年的帝皇基業。

這種稀世純種的海冬青，其珍貴之處，可想而知。後來，有人取巧，把海冬青與尋常的獵鷹交配，以繁殖後代，就容易訓練得多，也冒稱「海冬青」之名，居然也是上好的獵鷹。

但若和純種海冬青相比較，自然一天一地。相傳努爾哈赤當年所得的那一對，一雌一雄，在兩軍對陣，主帥領兵衝鋒陷陣之際，就凌空下擊，專取敵軍主將的眼珠，立下不少戰功，勇狠無比，哪是一般冒稱海冬青的雜種，可比擬於萬一！

我雖然也未曾見過真正的海冬青，但是見那鳥凌空停佇，神威非凡，再加白素一叫，自然知道那不是凡鳥，一時之間，也童心大發，叫道：「別慌忙，把牠引進屋子——」

我想把牠引進屋子來，捉住了再說，誰知一句話未曾說完，只覺勁風驟生，那鷹兒已流星一般，向窗外飛去，直撲窗外的海冬青。

鷹兒去勢，又快又猛惡，而且姿勢奇特，雙爪齊張，想將對方凌空抓住，一上來就是凌厲之極的攻勢。

第十一部

眼淚的功用

見這等情形，我和紅綾都想出聲阻止，唯恐在如此猛烈的攻擊之下，一舉傷害了那海冬青。

誰知道鷹兒的動作快，海冬青的動作也絕不慢，也沒見牠有什麼動作，身子陡地升高，而且時間扣得極準，鷹兒才一撲到，牠便升高，鷹兒就撲了一個空，被牠佔了先機。而牠也立即反攻，當頭啄下，啄向鷹兒的頭頂。

這一下，我們又為鷹兒擔心，只見鷹兒身子一側，可是仍未能避得開，還是在背後，捱了一下，幾根翎毛，隨之飄落。

紅綾看得大是心痛，怪叫了一聲，只見鷹兒被海冬青啄中之後，如同斷了線的風箏一樣，身子向下沉去，海冬青卻並不追，只是身子停在半空，向下看去。

也就在此際，只見身子正在下沉的鷹兒，陡然一聲怪叫，凌空翻飛，電也似的，射向海冬青。

那海冬青幸而未曾追下去，不然，必定迎頭相碰，此際鷹兒電射而至，牠也發出一聲怪叫，雙翅一束，沖天飛去，鷹兒隨後便追，雙方去勢都快絕，轉眼之間，成為兩個小黑點，沒入青冥不見。

這一切過程雖短，但看得我們，如癡如醉。這一鷹一隼，就宛若兩大武學高手過招，鬥智鬥力，一擊不中，立刻遠颺，迅若電光石火，看得人心曠神怡。

紅綾的想法，和我們略有不同，她道：「牠們到天上去比拚了！」

我怔了一怔：「鷹隼雖非同類，但也不是天敵，不至於會拚個你死我活。」

紅綾眉心打結：「我不知道，只是鷹兒在撲出去的時候，叫了一下。」

白素心細，便問：「牠叫了什麼？」

紅綾遲疑了一下，想是那「鷹語」很難翻譯，她道：「鷹兒說，窗外那……不是好東西，牠要把牠生擒活捉。」

我和白素不禁一呆──我們當然不是不相信紅綾的話，只是事情太奇怪了。生活在極北之地的猛禽海冬青，居然會在亞熱帶出現，那已經夠突兀的了，那只有一個可能，有人帶牠來的。

而鷹兒又說牠「不是好東西」，那又是什麼意思？鷹兒雖然勇猛，但是海冬青也不是好對付的，我們又怕鷹兒會吃虧，又不知道海冬青的主人是誰。

在這一點上，紅綾比我們有信心，她道：「鷹兒說要把那鳥兒生擒活捉，牠一定能做得到。」

白素吸了一口氣：「先看看那盒子。」

剛才，被那突然出現的海冬青一打岔，甚至沒有時間把那盒子打開來，看看那三件法物是不是在。

白素一說，紅綾便搶前一步，取下那隻盒子來。那盒子的蓋上，頗有幾個機栝，紅綾不耐煩一一解開，大手一拍，就想把盒子拍碎。

我忙叫道：「不可！」

我一面叫，一面自她的手中，搶過了盒子來，打開，在打開的時候，我還在道：「盒中的三樣東西，奇特無比，是我見過的最怪異的物件。」

正說着，盒子打開，紅綾首先「哈」地一聲——盒子是空的！

說是空的也不對，因為盒中有一張摺得很巧妙的紙條。一看到那種摺紙法，我心中又是一熱。那種把紙張先摺成條形，再摺成「北斗」形狀的摺法，叫做「七巧方勝」，正是家鄉中人，傳遞書信時所用的方法！

我一伸手，取過紙來，只用一隻指頭一搓，就把紙條搓了開來。白素「啊」的一聲：「莫非真是故人有音信？」

我打開紙一看，只見上面畫着一行雁子，一共是七隻。

剎時之間，我只覺得鼻子一陣發酸，兩眶熱淚打滾，就要湧出。

七叔，真的是七叔！

那七隻排成一排，斜飛的飛雁，正是七叔的標誌，我是自小看熟了的。如今又重現眼前，那麼多年不通音信的親人，忽然有了下落，多少年前的事，一起湧上心頭，什麼叫「百感交集」，這才算是知道了。

白素靠了過來，她握住了我的手，低聲道：「七叔？」

我點了點頭，淚水已經忍不住了——人悲傷的時候會流淚，極高興的時候會流淚，還有就是很激動的時候，也會流淚。

白素再道：「七叔他沒有說什麼？」

那紙上，只有七叔的標記，可是一個字也沒有，白素這一問，使我感到，那麼多年，不通音信，而七叔竟然一個字也不寫給我，未免太狠心了些，心中再感到一股委曲，淚水就再也忍不住，撲簌簌掉了下來，都灑在手中的那張紙上。

我這時淌淚，是自然而然的事，而再也想不到的是，淚水落到了紙上，沾濕了紙，頃刻之間，紙上就現出了一行字迹來。

那一行字只有八個，鐵劃銀鉤，正是七叔的筆迹，寫的是：「速來剛渡，林中相會。」

我又是一陣全身發熱，轉過頭去，淚眼模糊，想對白素説話，但是竟説不出聲來。

白素拍着我的手臂，道：「看清楚，字快沒了！」

我呆了一呆，再去看那紙時，紙上的八個字，正在迅速消退，轉眼之間，便不見了！

我張口，待將那八個字，默念一遍，但白素一伸手，就遮住了我的口，搖了搖頭，我也立時會意——七叔採用了如此隱秘的聯絡方法，自然是怕隔牆有耳之故，我立時點了點頭。

白素拉着我，一起出了屋子，這才一面走一面道：「你快去剛渡和七叔相會。」

我才一知道七叔的消息，恨不得立時飛了去，但一冷靜下來，就知道事情必然和二活佛有關，我萬萬不能被人跟蹤，這事草率不得。

所以我道：「我會盡快走。」

白素取出手絹來，在我眼角抹拭着：「真有趣，七叔算準了你會落淚，要不然，他的信息，你就收不到了！」

我深深吸了一口氣：「我自小被他看着長大，他當然了解我的性情。」

後來，我把那張紙，拿給戈壁沙漠看，兩人在經過了研究之後，歎服之至。他們說：「那隱形墨水，是特殊的配方。除了人類的眼淚之外，沒有任何一種方法可以使它顯形。而人類的淚水，化學成分極之複雜，根本沒有法子在實驗室中合成，所以——」

他們不說下去，我也明白。所以，若不是我當時由於心情激動，自然而然湧出了眼淚，落到了那紙上的話，那我就得不到七叔傳給我的信息了——這種傳遞信息的方法，普天之下，也真只有七叔這樣的妙人，才能使得出來！

白素抬頭向天，神情悠然嚮往：「我雖然沒有見過他，可是想想他的行事，也夠令人佩服的了，他盜走了法物，拐走了秋英，擺明了不畏強權，定要實現當年老喇嘛對他的付託，簡直不像是一個現代人！」

我則另有感嘆：「只是不知道他當年離開家鄉之後，這些年來是怎麼過的，也不知道何以他竟會受了那麼嚴重的傷害！」

黃蟬曾說，根據X光的分析，那盜寶人的頭部骨骼，竟沒有一塊是未曾變形的，由此可知他所受過的創傷是如何之甚。

他是在什麼樣的情況之下，受了這種創傷的，當然難以想像。但只要一想起來，也就足以令人遍體生寒的了。

白素又道：「你的行蹤，要如何瞞過黃蟬，倒是一個大難題。」

我在想的，也正是這個問題，我道：「要瞞過她一個人，倒還不難——你能絆得住她，難的是，天知道她究竟動員了多少人力物力在監視我們！」

白素一時之間，也想不出適當的方法來——雖然我有一千多種方法，可以擺脫監視或跟蹤——可是用來對付黃蟬和她所代表的強權勢力，似乎都沒有百分之百安全的把握。

而事情和轉世二活佛有關，又萬萬不能有一絲一毫的疏忽，不然，轉世的二活佛，必然會在這世上消失，又不知何年何月，才會再行轉世了！

在外面踱了好一會，都沒有萬全之法，白素道：「七叔雖說『速來』，但是安全第一，你不能貿然上路。」

我心急如焚，但是也不能說白素是過分小心，應該照她所說去做。

正在此際，忽然聽得頭頂之上，傳來了一下鷹兒長鳴之聲，抬頭看去，只見一大一小，兩隻猛禽，正在空中，如流星飛渡，向我家的方向，疾飛過去。

相隔雖遠，但也可以看出，在前面的那隻，體型較小，正是那頭海冬青。而在後面的那隻，相隔只有三公尺，和前面的海冬青，飛得極近的，卻是我們的鷹兒。

雖然是兩隻鳥兒在天空上疾飛，可是看起來，很是異樣，白素首先「咦」地一聲：「看，我們的鷹兒，真的把那海冬青抓回來了！」

我「嗯」了一聲，天空上雖然不是一隻鳥抓住另一隻鳥，但是那一前一後的飛翔情形，卻一看就叫人聯想到了一架飛機，正在逼降另一架飛機。而且，顯然是我們的鷹兒佔了上風。

我忙道：「快回去看！」

我和白素一起行動，何等快速，但是再快，也快不過鳥兒的飛翔。一進屋，就見到客廳之中的情景。只見紅綾喜得張大了口在跳，海冬青在滿堂飛舞，但是牠飛到哪裏，鷹兒就追到哪裏，看來像是要逼海冬青停下來，但海冬青一時之間，還不肯就範。

那海冬青飛得雖快，但羽毛凌亂，頗掉了些翎毛，那鷹兒也有一兩處掉了羽毛的，看來兩頭猛禽，曾經有過一番惡鬥。

這時，鷹兒已將海冬青逼到了一角，連撲了三下，勢子猛惡之至，但卻是虛撲，不過這一番聲勢，也足以令對方懾服，那海冬青停了下來，縮成一團，可是羽毛仍不住聳動，有點意氣難平。

紅綾一聲歡嘯，靠了過去，先伸手在向她肩頭停下的鷹兒，頭上輕拍了一下。然後，伸手去撫摸海冬青的頭部。

我和白素一見，齊聲低喝：「小心！」

那海冬青的頭部甚小，雙眼有神，尖啄如鋼，力大無窮，若是一啄被牠啄中了手背，怕不將手心啄穿。

紅綾笑道：「不怕，牠服了！」

說着，她的手已摸上了海冬青的頭，那海冬青的頭上，有一簇七根翎毛，根根泛着金屬光彩，有十公分長短，豎在頭上，猶如鐵盔，看來威武無比。

而這時，紅綾手才碰上去，那七根翎毛，一起偃伏了下來，那麼兇猛，桀傲不馴的猛禽，竟變得看來十分馴服！

紅綾大樂，揚起頭來，剛想和我們說話，那鷹兒忽然又發出了一下短促的叫聲。隨着牠的叫聲，那海冬青連忙揚起左腳來，揚得極高，看來很是怪異。

我對鳥類行徑，不是很有研究，正不知那是什麼意思時，白素已陡然向我們作了一個手勢，示意我們不要出聲。緊接着，她走向前，在那海冬青的腳上，取下了三件，有如指甲大小，厚度不會超過半公分的物事來。其中的一件，還有着玻璃鏡片一樣的閃光。

紅綾一張口要問，但我連忙伸手，遮住了她的口，同時我發出了笑聲：「這鳥是真正的海冬青，靈活勇猛，可別虧待了牠……」

紅綾也乖巧了，她隨即道：「好啊！我讓牠和鷹兒做個好朋友！」

我向白素示意，白素也點了點頭。

這時，其實我心中的怒意之甚，從未曾有。在白素掌心的那三片東西，分明是現代尖端科技的產品，作用不問可知，是監視我們之用，只怕不但能竊聽，還能攝取形象！

我早知黃蟬會對我們進行監視，也曾請了戈壁沙漠來做徹底的檢查，可是一無所獲。誰料到他們竟然會利用一頭飛禽，攜帶精密儀器，來進行監視活動！

這種匪夷所思，但是卻又防不勝防的辦法，若不是那頭鷹兒把間諜鳥押了回來，十個戈壁沙漠，也檢查不出毛病出在哪裏！

白素托着那三件微型儀器，向我望來，我取過一隻盒子，白素將之放進去，再把盒子放進了抽屜中，我們才像是終於鎖住了什麼怪物一樣，鬆了一口氣。

我和白素不約而同，齊聲道：「將計就計！」

大家一起說了這一句，只覺得高興無比，情不自禁，互相緊握了一下。紅綾對於這一種計來謀往，爾虞我詐的人類行為，始終有點不甚了了，但是她看到我們高興，也就咧着嘴笑。

我道：「孩子，你帶鷹兒和海冬青去玩，看來海冬青已被收服，不會逃走，我們有大大利用牠之處！」

紅綾答應着，卻又現出擔心的神情，白素忙道：「放心，不過是利用牠去傳遞一些假消息，不會有傷害的。」

紅綾這才高高興興，帶着一鷹一隼，蹦跳了出去。

我和白素的「將計就計」，其實很簡單——黃蟬用了這樣的方法，來偵察監視我們，她以為神不知鬼不覺，可是卻叫我們在無意中察破了。

我們的計劃就是，在那三個微型儀器之中，輸入假資料，去誤導黃蟬。

最主要的假資料，自然是有關我的行蹤。我和白素商量了，都一致認為，我若是假裝去找鐵大將軍，最足以取信於黃蟬，因為我確然大有理由，去找鐵大將軍。

而在我前赴德國的途中，要擺脱跟蹤，轉而前往不丹，那就容易得多了！

當然，要把假資料輸入儀器，弄成和真的一樣，那就非戈壁沙漠莫屬了。

請了他們兩人來，把情形一説，再把那三片東西，拿出來給他們看。兩人不愧是專家中的專家，不到十分鐘，就有了結論：「好傢伙，不簡單，不過，還沒有登峰造極。這三種儀器，能記錄聲音、形象，還有熱量探測。不過不能即時傳遞，只能通過特定的裝置，把記錄到的一切重現。所以，要弄些假資料進去，易如反掌。」

我忙道：「拜託拜託。」

兩人怪眼一翻：「光拜託我們不夠，主角還是你們啊，你們要演得逼真才行！」

於是，接下來的幾小時，我和白素，就忙於演出要到德國去找鐵大將軍的應有「情節」，等戈壁沙漠把這一切，輸進儀器去。

到了傍晚時分，紅綾興高采烈回來，經過情形，和她一説就明白，再把三片東西裝回海冬青腳上，放牠飛去，我舒了一口氣，最難解決的一環解決了。

第二天我就啟程到德國去，一直到了法蘭克福機場，我才「搖身一變」，變成了一個很是典型的商人，換了另一班機，直飛印度。

我本來預期，黃蟬會親自跟蹤，但是我卻並沒有發現她，只是在飛往德國的途中，有兩個跟蹤術也還算高明的傢伙在跟我。

而在上了直飛印度的飛機之後，我很小心地留意了一下四周圍，並沒有發現形迹可疑的人。

航機上頗多印度人，我閉目養神，想起自己幾次三番在印度、尼泊爾一帶的經歷，又想起七叔在這些年來，不知曾經歷了些什麼。而他居然還念念不忘，自己劫後餘生，還記得當年老喇嘛的付託，當今之世，再找這樣重言諾的人，可也大不容易了！

我把七叔約我在那林中相會的目的，設想了一下，卻不得要領。

那林子，自然是七叔和我都曾到過的那一個，若干年前，七叔在那裏遇到登珠活佛，而我則在那裏見過轉世的二活佛。

若是七叔又要在那林子中和二活佛相會，當然那是很恰當的所在——誰也不會想到，在那麼偏僻的一個林子中，會有那麼震動世界，跨越人、神兩界的大事發生。

由於我知道茲事體大，所以雖然在德國上機後，我已肯定無人跟蹤，但到了印度之後，我還是再一次改裝，然後前往剛渡。

不丹是一個幾乎與外界隔絕的所在，交通也不是很方便，小型飛機上，只有不到十個乘客。當我在小型飛機上，隨着高山不穩定的氣流顛簸時，我不禁在想：若是黃蟬的眼線夠廣，要發現七叔的行蹤，應該不是難事。

我估計七叔必須蒙面，那就足以惹人注目了。而且，他還帶着秋英這樣的一個女孩子，這樣的搭配，更是惹眼之至，若是他們被發現了，不知會有什麼後果？

這樣想着，不免又多了一重憂心，及至在剛渡下了機，我立時直驅目的地，在林子附近的喇嘛廟前，見到一個喇嘛，手執長幡，搖着轉輪，正在誦經。

本來，這樣的情景，出現在一個喇嘛廟之前，是再也平常不過的事，可是我一看到那黃布幡上，竟畫着幾隻飛雁時，我心中不禁陡然一動。

布幡飄動，我當然無法數清楚上面有幾隻飛雁，但是看得到，那些雁的神態，都和七叔的標誌相似，我心想：這喇嘛，莫非是七叔派來接應的？

正在想着，那喇嘛也向我望了過來，只見他的目光，焦黃而渾濁，可是又絕不是沒有神采，總之怪異莫名。一和他的目光接觸，我心中就禁不住想：奇怪，這喇嘛的目光好怪！

人的眼神，是人體器官所能表達信號的最特異部分，要具體形容，根本無從形容起，而且，也沒有什麼具體的東西，可供捉摸，但是，只憑感覺，卻又確然可以感到眼神的千變萬化，陌生熟悉，都能覺察。

這時，我只覺得那喇嘛的目光，很是古怪，但是也說不出所以然來。

我吸了一口氣，向他走過去，用不丹語問：「上師的幡上，繪的是雁？」

那喇嘛翻了翻眼，聲音同樣渾濁，答道：「雁從北邊來的，你可知是幾隻？」

他說着，已飛快地把幡捲起，我不如思索：「七隻。」

那喇嘛一頓手中的幡竿：「走吧！」

他向前指了一指，在那一剎間，我心中起了一片疑雲。雖然那喇嘛看來，各方面都像是七叔的聯絡人，可是七叔在留言上，只叫我去相會，並沒有說派出什麼聯絡人。

當然，也許是靠眼淚來顯形的字迹，不可能太多，因為我再激動，也不會淚下如雨，所能顯現的字數，當然也不能太多。可是這件事機密無比，既然已經約定了在「林中相見」，似乎沒有必要多一個人知道！

我既然起了疑，就不免多打量那喇嘛幾眼，可是卻又看不出有什麼不對來。

我不動聲色，順口道：「上師請，上師的法號是——」

那喇嘛悶哼了一聲：「有相無相，有號無號，何必多此一問。」

聽這談吐，倒像是一個得了道的高僧，我也不再說什麼，只是道：「上師先請！」

七叔和我相約在林中，這喇嘛若是七叔差來的人，自然知道地點。如果他反過來要我先走，為他帶路，那就是老大的破綻了。

那喇嘛聽了，並不說什麼，便自大踏步向前走，我就跟在他的後面。

一路行來，人煙絕無，我有時離他遠些，有時行近去，和他說些話，可是他並不回答，至多只是悶哼一兩聲，算是回應。

我問了不少問題，他都一點不出聲，後來我問：「七叔向你形容了我的樣子？我已化了裝，你如何能夠認得出我來？」

第十二部

中計

這個問題，倒有了答案，那喇嘛怪笑了兩聲：「是你認出了我，何曾是我認出了你？」

我一怔，一想當時情形，可不是如此，我自己也不禁失笑，那喇嘛破例，加了一句：「有緣千里來相會。」

我隨口讚道：「上師說得好！」

一路上，有不少岔路，我見他每次都不猶豫，逕自向正確的方向走去，心中的疑慮，也漸漸消滅。

不多久，已行近那片林子了。到了林子邊上，我看到那喇嘛停了下來，用手中的幡竿，向前一指，啞着聲道：「你自己進去吧！」

我向他合十致謝——是衷心地致謝，因為我本來，對他還不免有點懷疑，但是他不進林子去，可以說是一點嫌疑也沒有了！

他也合十還禮，我急急向林子中走去。一路之上，我想見到七叔的心情，愈來愈是焦切，到這時，已到了急不可及的地步，走出了十幾步之後，我撒腿奔跑，好幾次，幾乎撞在迎面而來的樹上。

我甚至想張口大叫，請七叔早一些現身，與我相見。

我這時向前去的勢子，真可以說是疾逾奔馬，林子中的樹木，在我的兩旁，排山倒海一樣，向後退去，就在我實在忍不住，想要張口大叫的那一剎間，陡然之間，因為奔跑而擺向後的手臂，突然被一股大力扯住！

那一下阻力極大，而我前衝之勢子急，陡然之問，幾乎把我的手臂扯斷，我連忙一回氣，身子一轉，卸去了那般力道，已看清了扯住我手臂的，是一個蒙面人，就是那個在錄影帶中見過的蒙面人，當然也就是我自小就崇敬的七叔。

到了這時候，我張口想叫，但是卻叫不出來，不知是什麼東西，塞住了喉嚨，只是發出了一陣怪異的聲響。

倒是對方先開口：「理哥兒好久不見了！」

那聲音，宛若當年，他遨遊四海歸來，見到了我之後所說的一樣。

我心中一熱，這才啞着聲叫了出來：「七叔！」

他鬆開了手：「說來話太長，現在不必說，快跟我來！」

他身形極快，向前掠出，我緊跟在後面，又前進了百來步，前面有四五株兩人合抱粗細的參天大樹，生長得很近，七叔到了樹前，發出了一下很是古怪的聲音，就見樹縫之中，走出了一個人來。

那人的身形，瘦小之極，看來像是弱不禁風，一身服飾，古怪之至，頭上帶着一頂極長的尖角形帽子，若非她一出來，就正面向我望來，我根本認不出是什麼人，而在一望之下，我更是詫異，因為那人不是別人，正是黃蟬帶來的秋英！

看她現時這一身打扮，分明是宗教中的神巫之類的人物，而更奇的是，她手中持着一隻小小的銅鈴，正是三件法物之一！

她向我望來，相距雖有五大步，但我只覺得她的目光，深邃無比，遠非我所見過的秋英！

我和她對望着，她緩緩向我走來，愈是隔得近，我愈是覺得她陌生無比，所以，我自然而然問：「你是誰？」

在我這樣發問的時候，我早已忘了她沒有聽覺，也不會說話（由此可知，她給我的陌生感，是如何之甚），一問之後，想起了這一點時，秋英已然有了回答，那真是突兀之極，她一開口，竟然語音清楚，充滿了自信。

她對我的問題的回答是：「我是丹瑪秋英。」

一時之間，我腦筋轉不過來，不知道她所報的名字，有什麼特別意義。

七叔在一旁提醒我：「丹瑪！丹瑪森康裏的丹瑪！」

被七叔這樣一提，我如同遭到了雷殛一樣，陡然震動，失聲道：「丹瑪！」

秋英應聲道：「丹瑪秋英！」

這「丹瑪秋英」的稱呼，分成上下兩截，「秋英」是她的名字，而「丹瑪」則是她的身分。在喇嘛教的語言之中，那就是「大女神」的意思。

喇嘛教的教義特殊，教中的規矩，也很奇特。教中除了活佛之外，還有地位極高的神巫，神巫之中，有十二位女護法神，丹瑪女神，是其中之首。

丹瑪女神的地位，不在大活佛、二活佛之下，這丹瑪女神還有一樣奇特之處，是她的地位，不是靠轉世來接替，而是母女相傳的。

這母女之間，如何將神通傳遞，其間過程如何，神秘之極，一向不為人知。

喇嘛教眾對丹瑪女神，尊崇無比，不但有專門的神廟，叫着「丹瑪森康」，在大大小小的寺院之中，都永久設有丹瑪女神的寶座。在大活佛的神宮之中，丹瑪女神的寶座，就在大活佛寶座的對面。而大活佛的寢宮，只有兩個女性可以進入，一個是大活佛的母親，另一個，就是丹瑪女神！

每一代的丹瑪女神，只有法名，我眼前的這個，就採用了「秋英」作為法名。

在我一時之間可以想起來的所知常識之中，我還知道丹瑪女神會「降神」，有神靈附體的能力，會作種種預言，並且會顯種種神蹟。

在喇嘛教中，神巫地位最高的，就是丹瑪女神，猶在男性的涅功神漢之上！這樣的一個身分異特的人物，突然出現，已是夠突兀的了，何況還是秋英！

我感到頸際有點僵硬，轉過頭，向七叔看去，七叔道：「其中詳情，我也不甚了了，只要聽到丹瑪有召喚，大活佛、二活佛，都不能不來。」

我思緒紊亂之至，但總算還明白一點，我失聲道：「你要召二活佛現身？」

七叔道：「是，我要把三件法物還給他，他明白這三件法物的玄機，可以憑它們而確立轉世二活佛的地位，這樣，我才不負所託。」

我隱隱覺得，七叔這樣做，很不對頭，因為二活佛自己有他的計劃，他在等那個「適當時機」，他要在那個適當時機，破解三件法物的暗號，使得他的身分，得到舉世公認。而如今，若是丹瑪女神把他召了來，是不是會破壞了他的計劃呢？

當時，我的而且確，想到了這一點。

可是，我卻沒有進一步想下去，甚至我沒有向七叔提出來。

一則，我由於從小就對七叔的無比崇敬，總覺得七叔不論作什麼，都不會錯的，多年失散，重逢之後，這種感覺更濃，所以我沒有把自己的想法說出來。二則，我想七叔可以知道秋英原來是丹瑪女神的傳人，那麼他和喇嘛教之間，必然有我所不知的淵源在，我也不必多事了。三則，我未曾想到事情的發展，會是這個樣子，覺得二活佛就算來了，對他的那個「適當時機」來說，也不會有什麼大妨礙。四則，我就算想阻止，也來不及了，因為丹瑪女神已震動手腕，她手中的那隻銅鈴，已發出了穿山裂石，震得人心頭直顫的鈴聲。

我之所以不厭其煩，把這一剎間的經過，寫得如此詳細，是因為事後，我極其後悔，沒有採取任何行動。在後悔之後，分析了一下當時的情形，確認我當時沒有採取行動的因素，這才不得不嘆一句時也命也，人算不如天算，冥冥之中，自有連通靈如活佛也不能知悉的定數在，也就無話可說了。

卻說當時，鈴聲響起，我由於離丹瑪秋英近，不由自主，被鈴聲震退了幾步。

七叔靠近了我，在我耳邊道：「丹瑪女神，運用神力逼出鈴聲，百里之內，二活佛可以感應得到！」

鈴聲震耳，七叔的聲音，聽來卻很是清楚，可見他氣功修為之深。我也提氣問：「不會鬧到盡人皆知？」

七叔道：「不會，除了大活佛二活佛之外，那鈴聲只傳出百尺，要等二活佛來了，作法搖鈴，鈴聲才能傳出十里，屆時，聽到鈴聲的喇嘛，都會來參見二活佛。」

我很想問問七叔別後情形，但這時，鈴聲漸急，催得人心中，一陣緊似一陣，我也就不問與目前情勢發展無關之事了。

在接下來的時間中，在丹瑪秋英女神的纖手振動之下，那鈴聲忽緊忽慢，漸漸地，把我帶進了一種迷惘恍惚的境地之中，我無法確知過了多久，在那段時間，一顆心就像懸宕在半空中一樣，極難形容那是一種什麼境界，彷彿周遭的一切，全都變得朦朧了，不真實了，人也就處於半事半醒之中。

接着，忽然在滿耳鈴聲之中，另有一種聲音傳來。那另一種聲音，在入耳之初，可以聽作是在很遠的地方傳來，聲音也十分微弱，可是，在那樣每一下都叫人心驚肉跳的鈴聲之中，那微弱的聲音，一樣清楚可辨，而且，立刻認出，那是一種誦經之聲。

不一會，誦經聲漸漸近了，也漸漸響亮，轉眼之間，已可以和鈴聲分庭抗禮，再不多久，竟漸漸蓋過了鈴聲。就在這時，七叔碰了我一下，向前一指，我也看到了一個少年喇嘛，正穩步向前走來。

那少年喇嘛一面向前走，一面單掌當胸，另一隻手，看來是在大袖之中，但我卻知道他根本沒有另一隻手——他就是我曾見過的轉世二活佛，天生就少了一隻手掌的！

這時，只見丹瑪秋英女神的雙眸之中，幽光閃閃，鈴聲也變得虛幻。一下子周圍的氣氛，變得神秘之至，我和七叔都感到，如今的情形，是喇嘛教中的頭等大事，不是教中的人，能夠參與，自屬有緣，但也不應該太接近了。所以我們，都不由自主，退開了幾步。

這時，我心中在奇怪：這鈴聲和誦經聲，可說是驚天動地，何以一點也沒有驚動別人？難道這裏，真的荒僻到十里內外，不見人煙？

正想着，只見二活佛已來到了丹瑪女神身前不遠處站定，陡然之間，鈴聲、經聲一起靜止。

在那一剎間，天地之間，像是再也沒有了聲音這回事。我也緊張得屏住了氣息。

突然之間，只見二活佛的臉上，現出了一股悲憤莫名的神情，目射精光，陡然發出怪聲，聲音之中，竟充滿了冤屈和悲痛。

這一下變化，可以說突兀之至，我感到身邊的七叔，也震動了一下。丹瑪女神在這時，發出了一連串急速的音節，我完全不明其意，但二活佛顯然是聽懂了的，只見他抬頭向天，神情悲愴，但又無可奈何。

丹瑪女神身形微俯，自寬大的衣服中，先取出一幅絹來，鋪在地上，又取出了一簇鮮花，一隻斷掌，連同手中的鈴，一起放在絹上。

二活佛慢慢走向前，他走得極慢，彷彿一切全都凝止了一般，但他終於來到了那幅絹前，這時，丹瑪秋英女神，捧起了那幅絹來，三件法物，就在絹上。

二活佛盯着那三件法物看，陡然之間，雙目之中，精光迸射，而同時，發出了一下長嘯之聲。

那一下長嘯，如龍吟、如鶴唳，在吭聲之中，還夾雜着隱隱的如雷動、如奔馬、如怒潮的聲音，像是他心中有千萬般不願，有無數冤屈，有無限的悲憤，全在這一陣長嘯中爆發了出來。

那一陣嘯聲，已彷彿地動山搖，震得人心神旌搖。而接下來發生的事，更看得人目瞪口呆，幾疑不在人世，進入了虛幻境界！

只見二活佛嘯聲陡止，單掌當胸，另一隻手臂，寬袖一揮，露出了那隻禿腕來。這時，丹瑪女神發出了一陣古怪之極的聲音，二活佛禿腕向絹上的手掌伸出，我只覺得在我身邊的七叔，陡然震動——或許，那根本是我的震動，我看到，那隻手掌，一下子就接到了二活佛的禿腕之上，而等到二活佛再揚起手臂時，手掌已經牢牢地生長在他的手腕上了！

那本來就是二活佛的手掌，現在又回到了二活佛腕上！

剎時之間，我只覺得腦際轟轟作響，我明白了，我什麼都明白了！

那就是暗號之二！

那隻斷拳，會回到二活佛的手掌之上！

同時，我也如同遭到了電殛一樣，因為我明白了我和七叔，做了什麼樣的錯事——二活佛破解暗號之二的行動，那斷掌接上他的手腕，這種情景，應該在二活佛所說的「最佳時機」時發生，而不是現在！

二活佛一再強調的「最佳時機」，是指強權勢力樹立偽二活佛的盛大儀式上，有數以萬計的教眾，和世界各地的觀禮者。

在那樣的場合中，真的轉世二活佛突然現身，破解暗號之二。

設想一下那時的情景，將會是如何轟動！

毫無疑問，真正轉世二活佛的身分，會立刻得到舉世公認，連強權勢力也不能不承認，強權要立偽二活佛的陰謀，自然也徹底破產！

可是，如今，這行為竟在這樣的情形下發生——只有我、七叔和丹瑪女神三個目擊者！

就算我們三個人，傾畢生之力去宣揚這件事，又有多少人會相信？

二活佛這種驚人的舉動，實在是進行得太不合時宜了——我甚至在想，是不是可以把他的手，再齊腕斷一次，等有了「適當時機」，再進行剛才的那一幕！

我的思緒紊亂之至，而就在這時，只見二活佛雙手齊伸，一手持花，一手持鈴，鈴一到手，就振動起來，比起剛才丹瑪女神振鈴發聲，更要震人心魄百倍，我只覺得我如同置身於汪洋中的一艘小船，隨着滔天巨浪也似的鈴聲，來回震盪。

在這樣的情形下，要維持身子站立着，不跌倒，已是大大不易之事，哪裏還能做旁的什麼事！

只見二活佛一面搖着鈴，一手拿着花，漸漸向林子深處走去，丹瑪女神跟在他的身後。林中樹木極其茂密，走出不多遠，兩人的身形已看不見了。

再接着，鈴聲戛然而止——十分肯定鈴聲已止，但耳際還是有嗡嗡的聲響，直到又過了兩三分鐘，才徹底靜了下來，一下子靜得如同不在人間。

我直到這時，才定過神來，啞着聲道：「快追！」

我身形一閃，但才閃出半米，就被七叔一把拉住，他沉聲喝道：「不必追，十里之內，有喇嘛教徒，聽到這鈴聲，自然會追隨二活佛。」

七叔說了之後，略停了一停，才又道：「奇怪，十里之內，竟連一個喇嘛也無？」

我順口道：「至少有一個——你派來聯絡我的那個喇嘛。」

七叔陡然一震，向我望來，目光凌厲，而且冷峻無比，疾聲道：「什麼我派來聯絡你的喇嘛？」

我先是一怔，但隨即我大大明白了一切，剎那之間，我整個人就如同結成了冰一樣，連血液也為之凍結！

我中計了！

從頭到尾，我都在別人的計算之中！

從黃蟬帶着秋英出現開始，我就墮入了人家精心策劃的計謀之中，陷阱一個接一個，圈套一個套一個，如同天羅地網，將我罩個密不透風，而我卻還以為自己在一個個擊破別人的陰謀。

當然，中計的不單是我，還有白素，甚至七叔！

我向七叔看去，只見他身子微顫，顯然他也知道自己中計了──他沒有派過人和我聯絡，忽然在林子外見到了一個拿着七雁幡的喇嘛，這已足以證明他也中了計。

七叔只問了一句：「為了什麼？」

我反問：「是不是二活佛一見斷掌，立刻就要接上，不能延遲？」

七叔道：「是。」

我長嘆一聲：「這就是了，目的是要二活佛錯過『最佳時機』，使他身分不能確立，這方可以扶植偽二活佛。」

七叔用力一頓足，抬頭向天，雖然看不到他的表情，可是也一望而知，他心中悲憤莫名。

我忍不住問：「七叔，有關喇嘛教的一切……秋英是丹瑪女神，這些都是誰告訴你的？」

七叔的回答簡單之至，但也足以令我震動，他說：「一個喇嘛！」

一個喇嘛，當然就是我曾見到過，手持七雁幡的那一個了！

而那個喇嘛，我估計，十之八九，就是黃蟬的化裝！

事情應該是這樣的：黃蟬知道了秋英的秘密，她把使秋英恢復女神靈智異能的方法，和偷入寶庫的秘密，設法告訴了七叔。七叔想起了當年所受的託付，就毅然出山，幫助喇嘛教。

問題是，七叔這些年來在哪裏，黃蟬又是怎會找到他的呢？我把這些問題，全提了出來。七叔當然不會對我隱瞞什麼，但是「說來話長」，好多年的事，擇要來說，也足足說了一個月。

這一個月，我們都在不丹的山區中度過，我一早和白素聯絡，告訴她這裏的情形。

在這一個月中，我們和不少喇嘛教中地位高低不同的人，有過接觸，他們都知道真正的二活佛轉世，已經完成，也知道丹瑪女神和二活佛在一起，但是傳說只是慢慢地在傳開去，真要令萬眾信服，還要有一段長時間。

看來，要成就大事業，並不能一朝一夕，一蹴而成，總要經過不斷的磨練才成——這算不算是一種「禪意」的指引呢？

至於七叔對我所說的，當年過了新年之後，他離開了家鄉之後所發生的事，其曲折和匪夷所思，比起來，我的一些經歷，簡直如小巫之見大巫，但那不屬於這個故事的範圍，甚至不屬於衛斯理故事的範圍，要另立專案，寫成許多本《衛七傳奇》才說得明白的了。

和七叔分手，他重又「雲深不知處」，去過他選擇的生活。我回家，和白素、紅綾一商量，一時之間，卻找不出我們中計如此之深，究竟錯在何處。

我們對黃蟬已經算是處處提防，步步為營的了，如何還會着了道兒？

在接下來的日子中，白素比我更能接受失敗的打擊，她四出活動了一陣，回來時很是興奮，說轉世二活佛解開了暗號之事，已迅速傳了開去，雖然沒有證據，但相信的人，也愈來愈多，情勢不如想像中那樣悲觀。

而且，黃蟬雖然成功地使二活佛在「適當時機」出現的計劃成為泡影，但她也失去了三件法物，那三件法物的存在，知者甚多，他們要樹立偽二活佛，在典禮上，若沒有這三件法物出現，也是大大的難堪。

所以，估計強權勢力確立偽二活佛一事，會一拖再拖，用盡方法拖下去。

這樣說來，黃蟬也只是慘勝而已。但是我總認為，那是我的一次挫敗，而且，不知中計的原因何在。一直到了若干時日之後，幾個天南地北，難得一聚的朋友，把盞閒談，忽然說到了「純種海冬青」，其中一個對此有研究的朋友道：「這種珍罕已極的獵隼，是世界上最稀少的禽鳥，估計不會超過二十五隻——只有大約七隻是雄的。這種隼，一雄配多雌，有雄的出現處，雌的必追隨左右。雌雄體型相去極遠，雄的俊偉，氣勢非凡，雌的卻小如鴿子，毫不起眼。但是雌的卻機靈兇悍，遠在雄的之上，曾有人見過一隻雌隼，被大蟒吞進腹中之後，竟啄裂蟒腹而出，真是剽悍絕倫！」

聽到了這一番說話，我明白了！

那隻海冬青，雄的，是故意給我們發現的。另外還有三隻雌的，我們根本看也沒有看到，但是我們的一舉一動，自然都在他們的監視之下。

那就難怪一敗如此了！

那位朋友發表完了偉論，問我：「衛斯理，這種獵隼，你說可怕不？」

我還有什麼回答可供選擇的嗎？當然沒有！

（全文完）

衛斯理小說典藏版　31

暗號之二

作　　者：　衛斯理（倪匡）
責任編輯：　張澤民　楊紫翠
封面設計：　李錦興
出　　版：　明窗出版社
發　　行：　明報出版社有限公司
　　　　　　香港柴灣嘉業街18號
　　　　　　明報工業中心A座15樓
電　　話：　2595 3215
傳　　真：　2898 2646
網　　址：　https://books.mingpao.com/
電子郵箱：　mpp@mingpao.com
版　　次：　二〇二二年七月初版
I S B N：　978-988-8688-77-7
承　　印：　美雅印刷製本有限公司